U0605252

表妹堆堆

黄德权 著

哈尔滨出版社
HARBIN PUBLISHING HOUSE

图书在版编目（CIP）数据

表妹堆堆 / 黄德权著 . — 哈尔滨 ： 哈尔滨出版社，
2022.9
　ISBN 978-7-5484-6600-0

　Ⅰ . ①表… Ⅱ . ①黄… Ⅲ . ①中国文学－当代文学－
作品综合集 Ⅳ . ①I217.2

中国版本图书馆 CIP 数据核字（2022）第 120405 号

书　　名：**表 妹 堆 堆**
　　　　　BIAOMEI DUIDUI

作　　者：黄德权　著
责任编辑：韩金华
封面设计：树上微出版

出版发行：哈尔滨出版社（Harbin Publishing House）
社　　址：哈尔滨市香坊区泰山路 82-9 号　　邮编：150090
经　　销：全国新华书店
印　　刷：湖北金港彩印有限公司
网　　址：www.hrbcbs.com
E-mail：hrbcbs@yeah.net
编辑版权热线：（0451）87900271　87900272
销售热线：（0451）87900202　87900203

开　　本：880mm×1230mm　　1/32　印张：9.625　字数：188 千字
版　　次：2022 年 9 月第 1 版
印　　次：2022 年 9 月第 1 次印刷
书　　号：ISBN 978-7-5484-6600-0
定　　价：128.00 元

凡购本社图书发现印装错误，请与本社印制部联系调换。
服务热线：（0451）87900279

作者简介

　　黄德权，男，土家族，重庆彭水人，1966 年 9 月生。酉阳县委宣传部原常务副部长、《酉阳报社》原总编辑。

　　中国摄影家协会会员、中国楹联学会会员、中国摄影著作权协会会员、重庆诗词学会会员、酉阳县作家协会会员。

　　出版作品《原寨》，其他作品散见于《中国摄影报》《中国楹联报》《中华词赋》《重庆文学》《中国作家网》《四川日报》《重庆日报》《诗歌报月刊》等。

生活的文学表达

向笔群（土家族）

　　黄德权是一位极具生活观察力的人，他的散文总是充满着生活情趣。他往往把生活中那些平常的物事写出了自己的特色，在武陵山区的作家群中具有自己的创作个性。写作来源于生活，这就是见证。当下是一个十分浮躁的时代，大多数人比较注重个体表达，对社会生活往往会忽视。而读黄德权的散文总有这样的感觉：朴素的语言中有一种诙谐的生活味道。我想，这也许是因为他对待生活的态度不同。他的作品，在我看来，一般分为三类，乡村生活的书写，生活现场的目击，对山水的感悟。

　　我一直认为，乡村一般是一个作家写作的起点。黄德权就是从自己生活的乡村出发，把自己熟悉的物事写得很有情趣：如《表妹堆堆》，以一种视觉书写与自己有血缘关系的女子的生存状态：岁月在流淌着，表姐表妹们也在成长着。她们先是不穿衩衩裤、背带裤了，不戴银光闪闪的尾巴帽了，不当着我的面屙尿尿了，甚至她们也不随便来脱我的裤儿了。

将乡村生活浓缩,让人产生一种会心的微笑。生活中有一些不经意的物事,确实让人感慨。是的,我们不能回到童年,就像我们不能回到历史中一样。其中也饱含了一种浓浓的乡愁:因为老秋湾这偌大的寨子,就是在这出嫁与迎亲的岁月里一天天、一年年在竹林里长着,在炊烟里浮着。成堆的表妹渐渐地走了,又有新的表妹在渐渐地长大。其中的《激情楠木庄》勾勒一幅优美的乡村水墨画:"村前小溪四季悠悠,古石桥下,流水争鸣。几只黑狗黄狗在桥边懒睡,全然不怀疑我们这群山外人的身份。这村庄安静祥和,有若干四合院古吊脚楼。院中坝石沧桑,院墙残断,门槛尚存,木雕依稀。这些景象无不在述说楠木庄的悠长岁月。"作者把一个司空见惯的村寨写得如此的美,可见作者的观察表达能力非同一般。他不仅仅进行外在的描写,而是深入到了村寨的内部,将这里的风俗写得让人流连忘返。"表演薅草锣鼓是楠木庄人的拿手好戏。我搞不清楚音乐的套路,但她们演唱的姿势、韵律完全让我忘情其中。"实际上作者是在打望一个土家族山寨的文化。或者说,是在向人们展示一种楠木庄的文化。文化是一个乡村的生活内核,当一个乡村的文化消失之后,它的文明也就消失了!其中《浪坪歌声》也有异曲同工之妙:"一排排穿红衣的大姐整齐地唱着自编的山歌:'这里山高路又远,远方的亲人难得来。来了听我唱一唱,浪坪的人民乐开怀……'"且看他把一种乡村生活状态写得出神入化:"六七棵古树在一个村岭之上,青翠欲滴,技们相笑在蓝天之下，根们紧握在黑土之中，很像一个群居的原始部落，族人们彼此相依，千百年共同撑起这一片蓝天，共同佑护着这里的村民，共同迎接着远远近近来拜望他们的后生。我在树下敬默无语。"书写的背后有一种难以言表的乡村情怀。不可否认，作者对乡村生活的描绘有一种独到的功力。

书写酉阳地域乡村与风景的篇什，很有个性与特色，作者把自己的思考融入了地域风景之中，跳出了单纯的对乡村与风景的书写，这是黄德权散文创作的一大亮色。如《八百田》《老龚滩》《花田之恋》《红石林》等作品。《红石林》是对一个景点的书写，外在的描写中带着一种地域的文化指向："更有深巷厚土生出藤蔓数枝，带叶挂花，皆有大碗粗细，蔓缠于巨石之间，轻依于小树之上，自成一景，给整个石林平添出几分生气。"在当下，由于读图时代的来临，不少写景的作品，以一种走马观花的方式书写，很少有作者的思想，但真正优秀的作品却是情景交融的。在这一点上，作者的散文却有一种自己的书写方式。我一直认为，在物欲横流的时代，人们已经缺乏了精神栖息地，故乡成为人们最牵挂的一抹怀想：如《故乡的眼睛》，尽管离开了故乡，但是故乡始终有一双双眼睛在盯着自己。牛、狗、母亲等意象构成了故乡的多种文化底色，让作者有一种精神的回望："在远离故乡的日子，故乡那一双双眼睛注视着我，让我感觉须臾不曾远离。"显然，作者笔下的故乡是一种由多重因素构成的故乡文化原色，因为他对故乡一往情深，所以才会有这样的情感。

《打望一眼葫芦湾》也属于这样一种类型的作品："吊脚楼的川排上，挂满了薅锄、挖锄，还有背水的木桶，背娃的背篼。那就是土家人生活的全部展示。女孩从屋檐下走过，晃动着岁月。"在他的作品中，总有一些乡村女子的影像，其中的韵味只有细心的读者才能体味。真正的散文创作在于真实、真情与真性。不具备这三真的作者，是写不出打动人的作品的。应该说，"三真"在黄德权的散文中凸显得淋漓尽致。

对生活现场的描写也是作者的一大创作优势，黄德权的行走类散文也很有特色。在浏览一些具有特色的景点之后，发出自己的感悟：如《后坪印象》，他不是单纯追求一种外在的描写，而是在外在的描写中寻找一种地域的文化精神：初升的太阳斜洒着金色的光芒，照在小镇上，充满无限生机。还有关于桃花源、花田的游记，都有自己的特色，因为他对这片土地充满着感情。写作表述的模式多样，既有情感写作、生活写作，也有技术层面的写作。在作者的大量作品中，都有对生活与情感的真实写作，克服了人云亦云的无病呻吟。《花田之恋》包含着自己的感情，对乡村生活的无比留恋："丰收的秋给了我一个美丽的舞台，我就得在这舞台上尽情地舞蹈，否则真是辜负了秋的厚望。"无论哪一种文字，都有一种情趣，《你是谁的女儿》对远去生活的心灵追问："我终于找到了答案，原来你是大山的女孩，你的淳朴让大山感动不已。你是老人的女儿，你的善良令他们疼爱不已。"表面上是对生活的追问，实际上是对故土生活的一种精神回望。

有人说，每个人的心里永远装着两个字：故乡。事实上也是这样，像我们这些漂泊在外的游子，故乡何尝不是一种精神寄托呢？在这个方面，我和德权兄弟有一种共同的体验。之所以他的写作属于生活写作，是因为他善于从日常生活中抽取一些具有意义的话题进行情感表达。如《草海》《哈尼田园》《赶场那些事》等作品，让人有一种身临其境的感觉，他在告诉读者他的所见所闻，其中还有自己的思想。

《最后一棵桐子树》有一种对文化的守望："而今我去村庄寻找，碾子没有了，榨房没有了，就像我的童年一样没有了。儿伴时，和村庄的表姐表妹互相追逐的山坡，当年是开满了桐子花的山坡。而今，山坡在，桐子花不在，表姐表妹也不在，我也离开了温馨的村庄，在风雨中漂泊着岁月。""最后一棵桐子树"就象征着某种记忆的湮灭。更多的时候，人们在生活面前显得十分的无奈。《浪坪图画》具有一种时代的色彩，在探寻建设美丽乡村的模式，我想对传统文化的有效利用与保护或许是作者的一种迫切愿望。留住乡愁、留住乡村的文化是作者的愿望。在他漫不经心的叙述中让读者看到他的写作意图。

黄德权是一个善于从生活中发现并表达的作者，往往将那些遥远的往事拉到自己的现实生活中考量，从而把过去的生活状态写得非常动人，如《我在光线的这头》："在山顶上等待日出的日子，我就像母亲等待出世的婴孩般，既痛苦又幸福着，这也许才是真正的人生。"在往事中喟叹人生，在现实中回望往事，揭示着生活哲理。有人说，写作的最高境界就是哲学的书写。如《花田之恋》《苗家布鞋》等属于乡下孩子过去生活物件，让作者一阵阵怀想，把本来比较艰辛的日子写出了真正挥之不去的生活味道。

还有书写乡村教师的《周老师》与《民办老师吴出富》等作品，作者以"成人的儿童视角"进行理性与感性的打量，让人产生欲罢不能的情绪，是作者对普通的乡村教师品格的心灵礼赞。

应该说，黄德权的散文集《表妹堆堆》，是一部来自生活感受的作品，承载了他对社会生活、自然风景与人生态度的独特精神表达，写出了他对地域、时代、人生的仰望，是一部具有现实意义的优秀作品。作为他的朋友，我祝贺他的大作问世，同时也期待他新的作品产生。

是为序。

2021 年 8 月于铜仁锦江河畔

序二

乡村诗意温润人生

彭　鑫

　　每个作家都是一棵树。他脚下的土壤，就是他汲取力量的来源。他的根扎得越深，他的花越馨香，他的果越硕大。黄德权的根，深深地扎进武陵山。生于斯，长于斯，他挚爱这片厚土如同挚爱母亲，而这片厚土也回馈他以锦绣文心。

　　这个世界常有悖论。比如，城市让生活便利，乡村让生活诗意。乡村里多的是古树，是青山，是绿水，是蓝天白云，是飒飒清风。它们有的是唐诗中走出来的，有的是宋词中飘出来的。乡村天生就是诗意的："于是这个村庄田园般诗意，贵族般富有。村民没有忧伤，没有对大山之外的过分妄想。也许他们知道，所谓的城市文明不过是人类的另一种退化，于是大山便成了他们永恒的乐园，他们年年就这样在一场又一场盛大的节日里过活，快乐着，幸福着，低空的燕子盘旋着"（《天边飘过可大的云》）。

　　黄德权擅于书写乡村诗意。他引着读者徜徉于乡村山水之间，穿行于过往的时光，那些留不住的美好——通过文字唤了回来："外婆的寨子有一个问题，牛栏是关不住小牛

7 ·

的，它们总是从硕大的木框洞跑进跑出，在榨油坊的石碾子上擦了肩膀，又到院坝废弃的石猪槽里找点水喝，满足了这一切之后，它们就会在院里引吭而鸣。那叫声朦胧而悠远，至少整个寨子都是听得见的。这时，正在煮饭炒菜的表妹会停了手中的活，拿起放在门后头的扫衣刷（打牛用的竹刷），三下两下跨出门去，追打那不听话的牛儿"（《表妹堆堆》）。这些文字像一个时空隧道，我们因此重返童年，回到故乡。

　　一切风景的源头皆是心境，一切诗意的源头皆是挚爱。黄德权的笔尖有浓烈的感情在涌动，发而为文自然诗意摇曳。如《表妹堆堆》就是一首纯美的乡村抒情诗。寥寥几笔写下去，就有一股浓郁的诗意："柿子树在竹林中间，一到秋天，就隐隐约约地悬挂着一树红红的果实，竹子的叶子只会遮去一部分，总要露一点点给我看的"（《表妹堆堆》）。黄德权是把乡村的景作为建构精神家园的原材料："春天的土坡被大人们翻耕，桐子花是要应和着开的"（《表妹堆堆》）。他有一双锐利的发现美的眼睛："大人们则在桐子树的另一边劳作，七八个舅舅往返到寨子的粪口，用打碗舀满了粪水，就一路背到坡上的土粪池里。一排排有序走来，一排排统一在山坳上歇着，又一排排整齐地将粪水倒下，颇有些写意和剪影的样子"（《表妹堆堆》）。通过诗意文字的洗礼，岁月的沉渣被滤去，留下闪光的部分。

　　当心灵静下来，万物都来应和："我在这森林的小屋里点击草草的文字，夜雨将窗外的枝叶碰得吱吱作响，好似应和了我的心绪。彭水是我的故乡，站在这摩围的山顶，望遍山下的村寨，隐隐看得见我傻乎乎的童年。望见远方屋顶淡淡的炊烟，好似就能闻到外婆炒菜的油香。在飞云口的绝壁上振臂一呼，仿佛听见有许多童年的伙伴在山下仰头应和"（《摩围小雨》）。于大美风景中，灵魂得到休憩："打那以后，在你和蓝天之间，我们有了耕耘的舞蹈。炊烟如歌，枫叶如画，在无边的岁月里，我们的双足一步一步走向花谷的神坛"（《叠石记忆》）。于大美风景中，寄托自己的追求："这个时节，万木萧疏，所有的林木像进入了涅槃重生的冬月，任凭叶子掉落枯萎。只有一树树裸放的花朵若隐若现地在枝条上陈列。小朵得低调，淡雅得无为。若不是执意寻赏，这场面极易被忽略。但浓郁的梅香在胸前荡漾着，你不惊呼是不行的"（《山谷有野梅》）。万物有灵。万物相通。风景是领悟哲理的路径之一："我记着故乡满山怒放的红杜鹃，还有草原上那些百开不厌的各色花朵，也见过花店里被人工装饰得表面美丽而实际死亡的鲜花，而丽江的花给人的印象是更特别的，她既有自然的美，又有特别的生命力。人与自然做到这般和谐，彼此欣赏，互不伤害，这才是自然之大美"（《丽江三章》）。

黄德权一往情深地书写乡村，不仅是为他自己找寻乡愁，回到童年，重返那人生中温柔的部分；更是替所有与故土渐行渐远的人寻觅："不管什么人到葫芦湾，都能找到故乡的影子，都能从屋顶的炊烟中尝到乡愁的味道"（《打望一眼葫芦湾》）。人生有很多追求，其中之一就是获得心灵的巅峰体验。而有一种心灵的巅峰体验就是诗意。曾经的悲也好，喜也罢，当它们一一转化为诗意，就可以感受到"刹那即永恒"："伴随黎明的离别，在场陪哭的女孩，连同女儿的母亲，同时将长帕蒙在脸上，一低头一换手，一人数哭，全屋应和，伤心成一个吉庆的场面。旁边的高脚煤油灯也有气无力地与一屋子的人同时伤感着姑娘与亲人离别前最后时光"（《女儿明天嫁》）。岁月无情，如锋利的快刀，刀刀催人老，却因为诗意而温情脉脉起来："老秋湾这个山寨，就被表妹们这样一针针地缝扎着，任其春秋代序，任其日月轮回"（《苗家布鞋》）。在诗意中，我们将世间的美好与温情一一打捞："龚滩的历史，是一部纤夫和背夫共同书写的长篇，女人就是这部长篇中无穷无尽的标点。只是许多年之后，滩石破碎，木屋下沉，高峡平湖淹埋这些风雨斑驳的故事。只是许多年之后，所有的涛声都成为往事，捣衣声里的爱情成为传说，于是我们开始翻阅古镇"（《老龚滩》）。

在诗意的乡村里，心灵的触角会变得极其纤细，耳朵听得到常人听不到的，眼睛看得见常人看不见的："这几天，我仿佛听见春天的山坡上花开的声音，仿佛听见粉红的桃树下蒿草的呼吸，仿佛听见葫芦湾山坡耕作的歌响。这些声音像风一样染遍了村庄和田野"（《打望一眼葫芦湾》）。在诗意乡村里，我们可以活成一株草木，可以长成一条大河。但是，我们无法在发达的城市里立成一个站牌，活成一座雕塑。在葫芦湾，我们幻化成云，在无边的天空中自由游走，俯瞰世界，笑对人生："雨天过后的葫芦湾，忙碌的只有空中的白云。来这边山坡堆积，又去那边岭上飞走，棉花似的"（《打望一眼葫芦湾》）。"不肯弯腰的只有竹林里破缝而出的嫩竹，白云哗啦啦地压过来，竹节上的笋壳脱落开去，离开腰身"（《苗家布鞋》）。而一山一水，常常是启悟我们的哲人："笔架山在我们这群匆匆过客的眼里，更形似老僧坐禅。早晚云雾缭绕时，山形隐隐；夏雨空蒙后，一身翠绿；或遇朝阳洒落背面，犹如黄金浇铸一般"（《桨声里的酉水河》）。

　　诗意乡村，让生活有了神秘感与神圣感。因此，人获得了一种冥冥之中的力量。世间万物带有体温，心灵因此进入自由王国，获得温暖的抚慰："总之，河岸的每一座山，河中的每一个岛，在老人心中，都变成了有灵性的东西。这些动人的故事，在高天白云之下，忍受着太阳的苦晒和江水的洗涤"（《桨声里的酉水河》）。在诗意乡村里，心灵慢了下来。世间很多东西与快有关，效率与快有关，财富与快有关……但是，幸福与快是无缘的。一双苗家布鞋，由表妹千针万线勾成。它给人的心灵感受与工厂机器制作的鞋，是完全不一样的。

　　作者笔下的乡村不仅有诗性，也有着灵性与生命。乡村有生命，会生长，也会凋零。当我们呵护她，她长得水灵精灵，并反哺我们："清清的河水喂养田园，田园喂养村庄"（《歌声飘满南溪河》)。当我们不善待她，她的美丽容颜就将凋零，我们的灵魂之根也将无所归。人与乡村，实际上是同呼吸共命运的："江水之岸、巨石之上，野山竹不断在生长，竹林之间，不断有茅屋延伸。茅屋与茅屋中间，向江岸垂落一条石梯，去了江水轰鸣的码头，木船在石梯尽头随波摇摆，远远望去，像古镇呼吸的心脏"(《老龚滩》)。

乡村的历史，是人的历史，更是乡村与人相互偎依的历史："山林里若隐若现的山路，被一双双苗家千层底反复丈量了一千年、一万年。有时，一个村庄的历史就是一双布鞋的历史"(《苗家布鞋》)。乡间生活的仪式感，使生活的滋味变得浓郁起来，使历史变得妩媚起来："迎亲的队伍，一定要选一位德高望重的押礼先生。他有一个标志性的物件——背角，青藤编的，棱角分明的边，再漆成黑黝黝的颜色，略显几分庄重。背上这个东西，是土家山寨一场婚礼上，男方接亲队伍中，王者的标志。押礼先生责任重大，既要管理好自己随行夫子，又要把三媒六证，男婚女嫁这套规矩弄得滚瓜烂熟，到女方家才会顺利迎亲。押礼先生将送给女方的梳子及其他金银首饰连同礼金，悉数送到女方管客师手上，按规矩在大门前说上谦虚的言语，甚至文雅一点，还要彼此吟诗应和，祝对方吉祥"(《女儿明天嫁》)。这里的民俗元素不是装置性的，而是与乡村诗意严丝合缝的。黄德权还在诗意乡村中勘探人性的尊严："湿地坝的高山上出产葛根，当年湿地坝人抽空闲挖来葛根卖了钱后，二十多个小伙子到酉阳城里统一买了坎肩和黑色的呢子大衣，整齐地在回湿地坝的山坳上走着，人人肩上扛一副岩桑扁担，自豪感油然而生"（《湿地坝春秋》）。

　　文学是语言的艺术。语言到达的边界，常常是我们心灵到达的边界。黄德权写过很长一段时间的诗，这无疑是他散文语言充满诗性的原因之一。书中很多篇目，就是不分行的诗歌。如"无奈的竹林被挤到了屋角，枫林被退到了岭上，只能成为村庄的风景"《打望一眼葫芦湾》。又如："我的形状就像你思念的泪水，高一声向秋风，低一声向河谷。我下垂的果尖，准备问候泥土"（《桐》）。在诗性的文字里，我们的精神超越了现实。而语言的诗性，来自黄德权对书写对象的深情："那白底黑边的布鞋，一双双就会从木格的窗花里面取下来，离别古色的黑瓦，离别精美的石凳，去开始续写另一个村庄的故事"（《苗家布鞋》）。他是这一双双布鞋故事的见证者，为这一双双布鞋而歌而泣而书。他把诗性文字当作对抗"必然王国"的利器："雨滴似乎更响，窗外的山谷，传来溪流的声响，便是惊吵我的睡梦，呓语了这些文字，愿做一把黑泥，留在摩围"《摩围小雨》。诗性的文字，为读者创造了一个心灵的桃花源："这时的我是分不清哪是自然的晨雾，哪是火烧的烟丛。整个大地乱成一团，就连刚才还清晰的乌桕树林也只有一点点树帽浮出烟海，阳光是根本照不进去的，退缩后，就在林梢的表面映射出一些软弱的黄光"（《乌桕树》）。

表妹堆堆

黄德权以诗性散文介入乡村生活，又以乡村生活来反馈散文创作。在他的生命里，文学与生活相互滋养，相互生发。他是武陵山的赤子。他捧出的文字，无愧于武陵山。

目录
CONTENTS

表妹堆堆

老秋湾的瓦房成片，表妹成堆。

老秋湾是外婆的寨子，几十家人亲疏不同，但全都姓廖。柿子树在竹林中间，一到秋天，就隐隐约约地悬挂着一树红红的果实，竹子的叶子只会遮去一部分，总要露一点点给我看的。竹林绕了寨子的缝隙，勉强作为自己生存的地方。竹子之间拥挤得很，个个都想出头，就努力地弯着头腰，向外婆的瓦房上斜垂着，大胆一点的竟然将竹梢探进虚楼（吊脚楼）的窗边去了。我是很嫉妒的，那里面有我太多的表姐表妹，长得乖乖的。

当然，寨子里的小舅舅小表弟也很多。这个寨子，新房子和旧房子都有，虚楼的瓦房和单间的木房也有。舅舅们的猪圈和榨油坊隔得很近，榨油坊的石碾子隔牛圈很近。外婆的寨子有一个问题，牛栏是关不住小牛的，它们总是从硕大的木框洞跑进跑出，在榨油坊的石碾子上擦了肩膀，又到院坝废弃的石猪槽里找点水喝，满足了这一切之后，它们就会在院里引吭而鸣。那叫声朦胧而悠远，至少整个寨子都是听得见的。这时，正在煮饭炒菜的表妹会停了手中的活，拿起放在门后头的扫衣刷（打牛用的竹刷），三下两下跨出门去，追打那不听话的牛儿。慈善的母牛在圈里看不过，往往是要叫几声的，或是呼唤她的幺儿回来，或是干脆和主人一样责怪她那不听话的崽崽。

春天的土坡被大人们翻耕，桐子花是要应和着开的。我的童年被放在寨子里，当然是要和表妹们跟了大人上坡的。我们在花势繁茂的桐子树下玩耍，三两块石头搭起灶头，就成了我们的"家"。我和表兄是男人，负责上树掰断干枯无花的丫枝作为柴火；三五个表妹有的扯野葱，有的捡花朵，泥巴就是粮食，是要开始煮饭了。要是有蜜蜂或蝴蝶飞来，她们是要去追赶的。大人们则在桐子树的另一边劳作，七八个舅舅往返到寨子的粪口，用打碗舀满了粪水，就一路背到坡上的土粪池里。一排排有序走来，一排排统一在山坳上歇着，又一排排整齐地将粪水倒下，颇有些写意和剪影的样子。另外的舅舅们在黄土上邀赶着自家的黄牛，一铧过去，一铧过来，一块长满猪草和野葱的土地就被翻犁一新。冒着白气的新土立即就会被表姐和舅娘们种上苞谷。她们那画面松散一些，一个用挖锄在前面很有节奏地打着窝窝，第二个挑着粪桶跟在后面，一窝一瓢粪水，第三个肩上挎着竹篮篓子，麻利地把种子丢在窝里，三粒或四粒种子下窝，最后一个人就会用锄头跟着盖好。一年的春耕就在这样的仪式里进行着。不管事的小牛在新旧明显的土地上徜逛，偶尔也跑过来看看桐子树下的故事。劳作中的那些声音，我们小孩子是不管的，比如女人们的说说笑笑，男人在翻耕泥土时与耕牛的对话，什么"上意——上意——上意——什么缩——还要你转来一铧——啰——喂——"长长的尾音里带着些商量和恳求的语气，多半是男人很爱自家的牛，体贴着牛们的辛苦。

　　岁月在流淌着，表姐表妹们也在成长着。她们先是不穿衩衩裤、背带裤了，不戴银光闪闪的尾巴帽了，不当着我的面屙尿尿了，甚至她们也不随便来脱我的裤裤了。一到下雨天，生产队就不集中上坡，表妹们就会在某家的虚楼上集中，多时有七八个，少也有三五个。她们学做布鞋、学哭嫁的动作和歌谣。在老秋湾，女孩家在不在行，看她做出布鞋的品相和记哭嫁内容的记性是标志。她们终究会在哭嫁的歌谣里打着鲜红的撑花（雨伞）离开村庄，那些黑压压的百十双布鞋也就被装在箱子里随着她们嫁的方向远去。我始终疑惑她们为什么到打发（出嫁）那一天，才叫新姑娘。那一路的景象惊呆了沿途的其他村庄。男男女女、老老少少都会在自家屋角或路边，有说有笑地看着这长长的迎亲队伍，老秋湾有一种说法，这叫看新姑娘。当然也有别村的姑娘出嫁时路过老秋湾的。每当这个时候，就像给老秋湾这个寨子奉上的一道精神大餐。表妹表姐们，还有舅娘们，外婆们就会齐刷刷地站在路边。迎亲的队伍从胡家槽的山坳上下来，又向灯草池的山边走去，长长的，首尾隐隐相接，过礼的男人（轿夫）抬着嫁妆晃悠晃悠地走在前面。他们的速度一快，就把队伍拉得长长的。压轴的风景在后面，前面的队伍进了山林，悠扬的唢呐声才从这边山坳传来，新姑娘就在那队伍中间。那是有标志的，男人挂了红，新姑娘也挂了红，还打了红撑花，前后紧跟着迎亲和送亲的人。当新姑娘真正要路过村庄的时候，头是低着的，伞是遮挡住自己的。不像城里恋爱的男女，一见面就抱起相互啃着嘴巴，她们是害羞的，含蓄的，所以用红撑花遮一遮。这时路边拥挤的人群里总会发出惊喜的叫声——"哎哟——好乖——好乖——"这时表姐表妹们差不多在编织同一个梦想。只有过来人——舅娘们捂着嘴笑，她们可能在笑自己的当年，可能在笑过路的队伍，也可能在笑自己的女儿——我那些表姐表妹何时才到这一天。因为老秋湾这偌大的寨子，就是在这出嫁与迎亲的岁月里，一天天、一年年在竹林里长着，在炊烟里浮着。成堆的表妹渐渐地走了，又有新的表妹在渐渐地长大。

打望一眼葫芦湾

不管什么人到葫芦湾，都能找到故乡的影子，都能从屋顶的炊烟中尝到乡愁的味道。

两百多年前，田氏先人从山坳上一路人马走来，在这形似葫芦的山湾里开基凿土的那一天，葫芦湾的岁月便开始有人的欢声、狗的吠语。于是一代一代的儿女成形，吊脚楼便开始从山湾慢慢延伸，无奈的竹林被挤到了屋角，枫林退到了岭上，只能成为村庄的风景。就这样，一个村庄撒下三月的种子，遥望九月的收获。在亲情欢愉的咒骂声里看女儿背回成篓的菜叶，等男孩从枫林那边牵着牛儿回来。那妹妹的爱恋，姐姐的嫁妆，都变成那尾巴帽上银光闪闪的铃铛，成为村庄的写意。当女孩肚子里装满了哭嫁的歌谣，便开始向远方瞭望。说不清楚哪一天，那悠长的唢呐声就会从山脚传来，连同那长长的迎亲队伍。

那白底黑边的布鞋，一双双就会从木格的窗花里面取下来，离别古色的黑瓦，离别精美的石凳，去开始续写另一个村庄的故事。

这几天，我仿佛听见春天的山坡上花开的声音，仿佛听见粉红的桃树下蒿草的呼吸，仿佛听见葫芦湾山坡耕作的歌响。这些声音像风一样吹遍了村庄和田野。加上成片的鸟鸣，草地的牛声，院坝上狗们撕咬的声音，这村庄就越发像个村庄。在这寨子里，总能闻到青色的炊烟里浸透着腊油的醇香，总能看见狗在灶台边歪斜着嘴巴的模样。它的心思总是希望主人的双手有闪失，掉落一块肉来。那眼神有几许膜拜、几许亲和。那尾巴卷成圆圈，摇晃成一朵云团。山岭上的柿子树，在竹林边红着叶子，透着枝丫，一到秋天，便有了层次。乡亲们即使看见柿子树上挂满红果，也很少收拾它们，任松鼠搬运，任百鸟啄食。偶尔掉落，极有可能软软地落在姑娘们的身上，于是她们只能停止了手中扎鞋的活儿，停了那天一针一针的抽线，粉红的、淡绿的。雨天过后的葫芦湾，忙碌的只有空中的白云。来这边山坡堆积，又去那边岭上飞走，棉花似的。木屋里，成群的男孩学吹唢呐，学打锣鼓。女孩们则成堆围坐，花花绿绿，彼此学着哭嫁的歌谣。那些精美的布鞋多半是这样围着做成的。她们不知道这叫幸福，春情荡漾时，互相喜乐，又互相红着脸，互相假打推叠着，在一阵清脆的笑声里散了圈子，地上就留下一个竹筛，筛里有要笑不笑的布鞋……

　　吊脚楼的川排上，挂满了薅锄、挖锄，还有背水的木桶，背娃的背篼。那就是土家人生活的全部展示。女孩从屋檐下走过，晃动着岁月。

　　一群人来了，一群人又走了，他们有的是主人，有的是客人。他们有的是讲故事的，有的是来寻找故事的。比如我，总是想把他们两百年前的故事打探清楚。可是，村庄缠绵的故事还在延续着，我又要匆匆离去……

桨声里的酉水河

让我们走进武陵山的腹地，撩开村庄的炊烟，去了解一个勤劳勇敢的民族。

让我们融进酉水河的细浪，搅动一部沉淀的历史，去了解一个善良多情的民族。

看他们在夕阳里编织了怎样的传说。

听他们在月亮底下唱出了怎样的山歌。

酉水河，土家族的母亲河。她从湖北宣恩的群山中带着土家山寨的雾气缓缓而来，在一个叫卯洞的地方潜入地下一里多。当她再次涌出地面的时候，神话般地开始了真正的长途苦旅。两岸的土家人或叫她卯水或叫她白河。

我们在离卯洞不远的老寨停止了追根溯源的脚步，在美丽的山寨旁登舟顺酉水而行。当我们挥手告别老寨的时候，怎么也丢不掉眼中多情的村庄和被小船摇动的古码头；怎么也丢不掉老人临江而唱的山歌号子，和他讲述的笔架山神话。其实，笔架山在我们这群匆匆过客的眼里，更形似老僧坐禅。早晚云雾缭绕时，山形隐隐；夏雨空蒙后，一身翠绿；或遇朝阳洒落背面，犹如黄金浇铸一般。据说笔架山脚有 108 个圆形小丘，纵横有序地排列着。河岸四周高耸着四个秀美的山峰，犹如四位老者，两两相对，面对108个山丘若有所思，博弈千年。我们的小船随流水而漂，来不及细数山丘的个数，便进了没有人家的峡谷。心中留下的遗憾，被成群的白鹭带走。

如果不在这两江汇合处修两座大桥，如果不将连接大桥两侧的公路在冠军山腰缠两转，冠军山就真的单调得如一个头盔。有了这一缠，两条伸向山外的公路给大溪这个小镇注入了更多现代文明的内容。小镇对面的远山，在那里不断地散发着自然景色的大美，傍晚时仿佛传来佛山暮鼓的声音，与小镇涌动的人流分述着两种极端的哲学境界。

小镇上全新的建筑和岸边搁浅的烂船，像两部断代史，记录着土家人不同的生活片段。只有那岸边不停的捣衣声连接着悠长的岁月。

在酉水中划行，前面无限展开的水，两岸渐行渐退的山，解读着岁月的飘逸。一眼的绿色缠绕着我们，让我们有了无限的生命依托感。于是我们争先恐后地与船工争桨划。那心境，如木桨从水波中轻轻划过，漾起一圈一圈涟漪。笑声中，绿色的水面皱起许多波纹。

河面展开处，就有了烟雾缥缈的人家。我们有幸遇见了一位在酉水河上生活了大半辈子的土家老人。他坐在船头，望着河水的尽头抽烟，像是一位画家在品读一幅山水画卷。他告诉我们，年轻时候，他在这条河上往返几百里，风里来、雨里去，而今老了，又习惯了水上生活，闲不住，就在自家门前摆了一条小渡船，打发晚景。看得出，酉水河早已成了他生命的一部分。

在我们眼里，每过一个滩口，船工的心就老练了几成。他告诉我们，酉水河上最险的滩是丑牛滩，于是我们紧盯着船工过丑牛滩的神色。闯过恶浪之后，他只是不经意地转过头来看了我们一眼。从他自信的脸上，我们看到了酉水河的个性，一个民族的个性。我们有回到土家先民身边的感觉。

酉酬的禹王宫是个大庙，曾经香火鼎盛。我们到的时候，天色已经暗下来，禹王宫的晚景显得有些憔悴。不知什么年月，土家人将自己供奉的水神大禹换成了一位现代伟人的石膏像。这似乎折射出一段历史音符，或者一个时代的转变。

后溪是土家族摆放山歌的摇篮。

我们为了看到三暒山秀美的全貌，爬上了三暒山对岸的半山坡。给我们带路的白孝忠，望着自家灵秀的祖山和迎面滔滔而来的酉水，不觉动了情感，唱起了酉水渔歌。这一唱，引来了对岸悠悠的木叶声。继而河面上摆渡的老人在三暒山的倒影中，被眼前的景致所染，也豪放地摇晃出一串歌声来。节拍随木桨起落，浪花打在码头边的石岸上又退了回来，白白地，哗哗地应和着。我们仿佛被歌声融进了一个民族的沧桑岁月、一部土家先民的史诗篇章中。

后溪这古老的场镇，在三暒山的装饰下，在酉水河的洗礼中，永远那样和谐优美。土家少女在老街的泉眼上清洗着自己的生活，或坐在屋檐下用红毛线编织着自己的爱恋。柔情荡漾时，会背着父母独自在月亮底下托着发红的腮。这时候，会有木叶声传来：

> 大山的木叶烂成堆，
>
> 只因小郎不会吹。
>
> 几时吹得木叶叫，
>
> 只用木叶不用媒。
>
> ……

为了我们的采访，船在长潭摆手堂前靠了岸。

这个寨子不大，一共二十多户人家。彭氏宗祠的庞大建筑占据了这个寨子很大的位置。随着沧桑岁月的流逝，彭氏宗祠已成了不姓彭的普通人家的居室。我们的突然来访，惊动了横卧在门槛边椅子上的中年人。与宗祠连在一起的爵主宫，已不再是供奉菩萨的地方，当然更看不到彭氏家族在这里顶礼膜拜的恢宏场面。祠堂前是一块宽整的石坝子，坝子边的石栏虽然残缺难全，但是仍依稀辨别得出当年匠人们为这个民族做过史诗般的描述：树梢上飞腾的鸟、丛林里跳动的猴，以及立于案桌旁土家人巨臂挥舞的形象，无一不讲述着这个民族峥嵘的生活历程和对美好未来的强烈向往。

摆手堂旁边的吊脚楼，是土家人依山傍水而居的真实写照。木房久经风雨，变成了黑褐色，散发着久远的气息和熟透的人间烟火味，像一坛老酒，又香又醇。屋脊上高耸的鱼身、飞檐上展翅的鱼鹰、柱子上张开的鱼嘴、板壁的窗花上栩栩

如生的鱼纹，生动地演示着酉水河养育土家人的生活情景。

吊脚楼的房间里，竹编的小鱼篓侧着身子挂在黑黑的木钉上，与灶台边的鱼纹水缸遥相呼应，从竹筒里流来的水在黑黑的屋子里软绵绵地响着。灶台前的女主人一边忙着锅里的活，一边和我们打招呼。

我们漫游长潭时，村中老老少少争着要给我们划船。我们最终选择了一位饱经沧桑的老人，做了我们的临时导游。孙子抱着老人的腿很高兴地上了船，其他的孩子在岸上惆怅地望着水。老人一撑篙，洗菜洗衣的女人们像欣赏表演一样微笑着，看着看着就忘记了手中的活，黑瓦上的炊烟也透过房前古树向我们飘了过来。一派江村景象，我们乐在画里。

小小村寨，竟有五个码头，一只只小木船在古树下紧贴村子，荡漾在岸边。江面上，老人心里有说不完的传说：什么石龙过江、鲤鱼坐堂、仙人断指。总之，河岸的每一座山，河中的每一个岛，在老人心中，都变成了有灵性的东西。这些动人的故事，在高天白云之下，忍受着太阳的苦晒和江水的洗涤。河岸上钉船的男人抽不出时间和我们闲聊，他忙着手中的活，要赶在涨水之前把船钉好。他说这一辈子钉过百多只木船。河中打鱼的人正撒着网，在晨光中向我们靠近。

酉水河在长潭的下游还有遥远的流程，载着土家人的歌谣、载着土家人的秉性，去了很远的地方。我们在码头上向浩渺的江面挥了挥手。因为，我们也要赶在涨水之前，回到岸上去钉好我们的船。

苗家布鞋

引 子

竹林的笋壳，是表妹的盛宴。她早一张、晚一张地捡。

苗家的千层底，从老秋湾表妹的手指间开始……

千层底，苗家布鞋的别称。因为鞋底是苗家女孩用自己灵巧的双手，一层、一层、又一层地填贴，然后一针、一针、又一针地扎缝。整个工序从到竹林捡笋壳开始，到齐鞋样，到填鞋底，到扎鞋底，到贴鞋面子……哎呀，还要将底子面子缝合在一起，才做成一双真正的苗家千层底布鞋。

表妹扎布鞋是从小就开始学的。

我看见笋壳在飞

老秋湾是乌江和阿依河交界的山梁上静卧着的一个苗家山寨。

一个村庄，除了房屋就是竹林，黑瓦连着黑瓦，竹林挨着竹林，中间几棵古树诗意般点缀着山村的岁月。不肯弯腰的只有竹林里破缝而出的嫩竹，白云哗啦啦地压过来，竹节上的笋壳脱落开去，离开腰身。林间便有表妹们，三五成群，东一张地看，西一张地捡。小手避开笋壳尾上黑黑的茸毛。笑声缠绵着笑声，白色的银铛碰击着竹子的腰，清脆流响。十张八张合叠一起，依次归来，从牛圈那边。她们看着村庄笑，我看着她们的脸和摇摆的腰也在笑。

竹溪里的捣绳声

溪流从村庄后的远山流来，在竹林的脚边轻轻地转来转去，响声里流着青苔，高低有序的水流弄了一些诗意、留下几页画稿，便在小小的溅声中成就了一眼水塘，光溜溜的青石板软绵绵地斜向水中，天生长就一副被表妹们用来捣衣洗绳的模样。

做布鞋扎鞋底的麻索是表妹们从春天开始一季耕耘的收获。在村庄对面山坡的石坎间，各家的麻地，经历了春夏，便被这群表妹一刀刀收割成捆。然后一丝丝从表妹们细嫩而白皙的大腿上用手掌轻轻搓成麻索。这生生的麻索在锅里煮过，便被表妹们用小竹背篓送到小溪边，在斜斜的光石板上拼命捶打，直到柔软变白。表妹们只有松开紧咬的双唇，高举的捣捧才会放下。水里红衣的倒影才会伸直腰身，才会用手去照顾后背那短衣遮不住的裸腰。

表妹成堆

那柜子上的面条，总有一些断截。表妹就将这些断了的面条泡水和成糨糊，把古铜色的土碗往虚楼上那小方桌上一搁，便呼朋引伴从屋上坎下唤来三五个也是表妹的女孩。坐在小木凳子上围成一圈，开始她们的主题劳动——填鞋底。中间那乌黑的竹篮里，有长长短短的鞋样、麻索、顶针、剪刀等。她们一阵嬉笑、一阵嘀咕，一边捡了一双，放在自己的膝头上，一块块布片在糨糊的黏合下，越粘越厚，边沿再用剪刀修剪一通。她们边摆龙门阵边做着熟练的活，心里乐滋滋的，脸上红润润的。那白云在村庄的上空似走非走，只怕是想掉下村庄来，贴着村子、围了这一堆山村的粉红。那些成熟的哭嫁歌谣多半是在这样成堆的嬉闹中练就的。

这苗家千层底，就在表妹们这一双双灵巧的手中和歌谣中一起做成。

针针扎在情深处

漂亮的鞋底在木栏柱上晾干，麻索穿过针孔，大针穿过鞋底，将柔韧的麻索抽得老长老长。男人们虽然五大三粗，看着表妹们针线有板有眼地进出，自己干不了，只好上山打猎去。妹妹们扎鞋标配的三大件是：顶针、针夹、蜡团。顶针顶进，针夹将鞋底的针拽出，蜡团减少麻索的摩擦，各得其所。表妹们要是感觉针尖不快，便在自己额上的发际间成圆弧形地摩擦两下。

　　表妹们扎鞋的技巧主要表现在一双鞋底中间的稀针上。什么梅花落地、什么孔雀啸天、什么金鱼摆尾……她们根据想象，就会设计出千奇百怪的美丽图案来，她们对每一双布鞋倾注了多少情感，取决于她们技艺之外的心情或者爱恋的程度。这部分动作，熟练得像在唱一首苗家山歌，曲调悠长婉转。老秋湾这个山寨，就被表妹们这样一针针地缝扎着，任其春秋代序，任其日月轮回。

山道弯弯

　　打猎的汉子、迎亲的男人、村里的担夫，在那片大山中，在那树影依稀的岁月里，都是穿着一双双黑色的苗家千层底。山林里若隐若现的山路，被一双双苗家千层底反复丈量了一千年、一万年。有时，一个村庄的历史就是一双布鞋的历史。

　　你读懂了苗家千层底，你就读懂了这个村庄。她们的情感，她们的爱恋以及她们的孝心，全在这一双双布鞋里面。

女儿明天嫁

开声哭娘愁断肠，
儿今难舍我的娘。
千言万语说不尽，
娘的恩情怎能忘？

泪里一声娘，一声声低回的哭诉，是女儿对娘亲的养育之思和亲情最深刻的表白，天亮孩儿就要嫁向远方！

土家山寨的女儿，出嫁那天寅时，请了寨中儿女双全的全福妇女用红红的头绳在脸上那茸茸的汗毛间碾过，这叫开脸。这一开，标志着女儿做姑娘的时代已结束，有《开脸歌》：

左弹一线生贵子，
右弹一线产娇男，
一边三线弹得稳，
小姐胎胎产麒麟。
眉毛扯得弯月样，
状元榜眼探花郎……

同时还将女儿的头发梳好盘好，娘家人最后一次给女儿梳头发，用男方送来的簪子等银饰将头发绾成粑粑髻。换上男方送来的全套新衣服，就标志着一个土家山寨的姑娘告别了童年和少女时代，成为新姑娘。伴随黎明的离别，在场陪哭的女孩，连同女儿的母亲，同时将长帕蒙在脸上，一低头一换手，一人数哭，全屋应和，伤心成一个吉庆的场面。旁边的高脚煤油灯也有气无力地与一屋子的人同时伤感着姑娘与亲人离别前的最后时光。

　　旧的年月，在古老的山寨里，那一声声如泣如诉的哭嫁，并不是当代这些诗句描述的欢乐。那些哭声中，真情次第。女儿这一出门，按规矩，一路上就不能回过头来看一眼，必须随了接亲的人马走向山那边遥远的另一个山村，去开始自己全新的生活。她们真正的人生是从出嫁开始的。所以，哭嫁，在小姑娘们牙牙学语时就开始。土家山寨漫长的岁月里，她们大的教，小的学，那千百次的排练，足以把山村的每一个姑娘练就成声泪俱下的表演艺术家。诗人们说哭嫁是一声声快乐的歌谣，多指姑娘们练习哭嫁的青春岁月，但到了出嫁的日子，那实际的场景，对于生她养她的亲人来说，伤心总是难免的。

　　女儿的卧室里，床边有招待亲人坐的两三条凳子，中间留一个跪哭的地方，备一个垫子。出嫁几天前，女儿已是吃不下多少东西，有孝心的孩子，要离开父母，心里难过。出嫁前两天，女孩家的姑姑、姑婆、嘎公、舅爷等至亲已陆续赶来。这些亲人,一般是要给女孩很重的打发(送嫁妆),或铺盖,或箱子。出嫁前一天,所有远远近近的亲戚、团邻四界帮忙的村民,全部到家里聚会。这一天,叫整花筵酒。父母亲做的嫁妆,全摆在了阶檐下,各路亲戚送的东西经过登记后,贴上红帖也依次摆着。

夕阳西下,遥远的山坳上,来了一队长长的人马,你懂的。人群里伴了悠扬的唢呐声。这时,正在卧室里陪女孩的姑姑姑婆就会挤出门来,打量接亲的队伍。

竹林边上,那队人马停了下来。这时,媒人带着押礼先生和女方的管客师见面。在热闹的山寨里,一场代表男女双方斗智斗勇的表演,就在这二人间进行。双方不得有任何闪失,否则,对方会毫不留情地出一道又一道难题。所以,迎亲的队伍,一定要选一位德高望重的押礼先生。他有一个标志性的物件——背角,青藤编的,棱角分明的边,再漆成黑黝黝的颜色,略显几分庄重。背上这个东西,是土家山寨一场婚礼上,男方接亲队伍中,王者的标志。押礼先生责任重大,既要管理好自己随行的夫子,又要把三媒六证,男婚女嫁这套规矩弄得滚瓜烂熟,到女方家才会顺利迎亲。押礼先生将送给女方的梳子及其他金银首饰连同礼金,悉数送到女方管客师手上,按规矩在大门前说上谦虚的话语,甚至文雅一点,还要彼此吟诗应和,祝对方吉祥。当女方管客师笑意握手,互相恭敬时,押礼先生才能向竹林那边一挥手。女方的院坝上先有鞭炮声响,竹林那边就会迅速应和点响冲天的鞭炮。

大小相配的一对吹手，吹着喜庆而激昂的唢呐，摇头晃脑地，鼓着圆圆的腮帮，带着新郎和大队人马鱼贯而来。已近黄昏的山寨，悠扬的唢呐在黑瓦间飘逸，和着袅袅炊烟，给山寨染上浓浓的喜庆。

　　女方所有的客人这时兴奋不已，全部注视着这一队长长的迎亲队伍。吹鼓手在大门前的桌边留下，新郎进了堂屋。天地君亲师位的香位下摆了四张八仙桌子。帮忙的人在押礼先生和管客师的共同指挥下，将男方送来的礼物，按次序摆上桌面，化了纸钱，点上香烛。押礼先生在右，管客师在左。一人一则福事说起。押礼先生面对香位，向上作揖三个：

> 桃天之日是佳期，
> 六礼不周很歉意。
> 来府堂中祈斗谅，
> 因婚报德待儿侪。

　　此景，女方管客师也言诗应和：

> 男婚女嫁伏羲兴，
> 六礼周全无异音。
> 只愧接待欠周道，
> 仰期贵亲多宽情。
> ……

　　黄昏，屋檐下的灯笼透过灯光，笑盈盈的样子，显得格外祥和，几盏马灯依稀明亮着整个院子。这时的天空，多半有些月色，人群中动情的哥妹极有可能在竹林那边有些亲热的动作。但绝大多数人的注意力都集中在了堂屋摆礼的场面。

　　礼毕，管客师一声吼喊，按亲疏顺序，嘎公舅爷就要来受礼了。肘子硕大，是男方孝敬女方父母的，依次是那些条方（方块的猪肉）啊、面条啊。管客师一喊，人群一声应，就把男方送来的礼物分了下去。分礼物的轻重按亲疏依次，多半与阶檐下堆放的那一码陪嫁的物品有关。

　　这时间，媒人正将男方送来的金银首饰和漂亮的衣服送到女孩的卧室，对男方子弟进行最后的夸夸。女孩的心情有些复杂，既要感谢媒人的牵线搭桥，又恨她将自己推到火坑。所以，张开手指将帕子搭在脸上又哭了起来：

> 说媒说到苦竹林，
> 苦竹苦来苦死人。
> 各人想吃猪肘子，
> 雀雀都能喝出林……

媒人听罢，抿嘴一笑回敬道：

> 乖乖你莫焦，
> 田山点步好，

米有吃来柴有烧。

乖乖你莫哭，

高高兴兴去进屋，

早生贵子早享福……

　　吉时到，门外唢呐声响。母亲让全福妇女牵着女儿的手，在堂屋和男方一起，挂上艳艳的彩红。一对新人就这样打造成型。门外鞭炮连续炸开，夫子们将嫁妆麻利地捆好绑好，抬在肩上依次快乐而铿锵地出发，唱起歌儿喊起号子，一闪一闪地在竹林那边的山路上表演着喜乐。姑娘这头，一对新人拜了列祖列宗，辞了父母前辈，由送亲的亲人递给女孩一把红伞，转身向外，就这样头也不能回地上路。押礼先生在前，唢呐引着，接亲客次第，送亲客在后，一路向山坡那边渐行渐远……

老龚滩

是谁，最先从远古的山梁来到这峡谷的野水，开始龚滩史诗般的叙事？

从那一刻，茅屋开始临江搭建，有的向江岸倾斜，有的向崖壁靠拢，中间让一条两三米宽的过道，这条过道后来叫老街。黑瓦堆叠，屋檐挤靠，成为乌江岸上另类的风景。野山竹成捆展开，成为瞭望江面的小窗或遮风挡雨的板壁。

将野山竹扭成的长绳一头拴在龚滩的码头，一头从汹涌的江心去了山外，纤夫成为这条长绳上的音符，在江水中沉浮，或在绝壁上蠕蠕前行。让急流伴奏，让鱼翔鸟飞，开始了乌江千年不断的歌谣。

涛声高一声、低一声，就这样雕刻狰狞的石壁，若干年过后，石壁如刀，男人们在这刀尖上舞蹈，木船和纤绳是他们的道具。江水之岸、巨石之上，野山竹不断在生长，竹林之间，不断有茅屋延伸。茅屋与茅屋中间，向江岸垂落一条石梯，去了江水轰鸣的码头，木船在石梯尽头随波摇摆，远远望去，像古镇呼吸的心脏。

江岸木船增多，一排排，首尾有序，男人们赤裸裸的双臂，扛了麻袋，手指夹着盐签，三五依次，麻布缠腰，纤夫一上岸，他们就上船。肩上扛的、背上背的，是山货或者盐粒，他们这时叫背夫。

女人的爱恋必须等到绝壁上的纤夫归来。男人们黑黑的脸上，笑意斑斑，手上挥舞着有汗渍的手帕，或者一块古怪的石头，希望能打动她们的心。这样的夜晚，小镇静得只听得见木楼的摇晃声，像水里的木船。

这是一个伟大的转折，女人搂着男人的脖子亲个不停，挖空心思地做了叫麻饼和酥食的食物，还有卤水煮过的豆腐干，竹筒里装了三五斤烈酒，一起捆在麻袋的布包里，陪伴男人做下一次远行。

当一只大船要向江面出走，茅屋里的男人们缠着帕子离去。于是古镇的木楼就留下了婴孩的啼哭，还有女人的疼痛。木船上的男人，端了黑黑的酒碗，把烈酒当水喝。一碗下去，野蛮的号子声继续在峡谷中激荡，随险滩向下游滑行，回首江岸那一瞬间，任炊烟低垂，仿佛听得见儿子的哭声……

下一个季节是雨季，森林开始流泪，乌江水开始暴涨，男人们在街上铺石板，固定江岸上的木屋，这是家，不能倒向江心。他们就这样砌拱了第一关的石门，成就了杨家巷的盐仓，雕刻了"永定成规"的石碑。

长街继续延伸，石板街已经开始光滑，不知哪一年，炊烟里有了猪油的香味。石梯上，黄桷树下有了不息的桐油大碗和软软的灯芯。有了皇上派来砍伐金丝楠木的贵族，涨水的季节，江面上漂浮着硕大的金丝楠木。

就这样，茅屋开始改变，瓦片像寡妇的黑裙遮着水岸、围了山梁。北京的亲戚、陕西的商人开始来到龚滩。他们在酒碗抛洒中建起了西秦会馆。从此，听得见一声声江南女子粉妆带袍的浅吟低唱。

赤臂的男人，肩上勒出了明显的纤绳印子，急流决定他们的命运，有时是回不来的。一旦这样，女人会在楼边的竹林里烧掉大堆纸钱。每到年关，祭品常常是一个倒扣的酒碗，里面有肉和豆腐。然后又回家抱着孩子，看哪些地方更像他的父亲。

"永定成规"虽然只是一块石碑，但却是龚滩永久的历史注脚。龚滩的历史，是一部纤夫和背夫共同书写的长篇，女人就是这部长篇中无穷无尽的标点。只是许多年之后，滩石破碎，木屋下沉，高峡平湖淹埋这些风雨斑驳的故事。只是许多年之后，所有的涛声都成为往事，捣衣声里的爱情成为传说，于是我们开始翻阅古镇。

昨天。

那年。

那月。

涛声如梦……

桐

桐·花——

当闪电把我削成山崖，微雨把我润为春天，我开始向三月抛撒花朵。我撑开紫蕾的心房，天涯拂飞雨露，深谷凝固霞光！红色的脉径里流淌着诗经的原唱，关关翠鸟，栖我而歌。清明的云幕隐去了桃李的狂欢，我作为主人，应该给赴夏的山河一场追风逐日的盛宴！

桐·叶——

我为山叶，柔韧而光洁。记住，只有我为你诵读夏天，在你的唇页和古井深处捏泉吟哦，在叶脉交叠的缝隙里，向四月的麦芒推送圆形的光斑。那时，山岭挂满星星般的蒐粒，我祭奠般包裹了她们。

桐·果——

我的形状就像你思念的泪水，高一声向秋风，低一声向河谷。我下垂的果尖，准备问候泥土。这时我脚下的野草像森林，自豪地朗诵着最后的蝉声。我呢，我要思考我的叶子怎么卷曲，才能保证农人不会痛击这黑色的鸟窝，因为我染了太阳的颜色。

桐·秋——

我的舞台是空灵的山野，农人辞了炊烟，扛着长长的竹竿，背了青青的背篓，从山路上走来，要和我一起舞蹈。阳光、飞鸟、白云和野草是观众。农人一举竿，我随了音乐的拍节，顺势向云边飞翔。我辞别母体，重新开始我游子般的旅程！

桐·剥——

村庄撕下蓝天盖着我，然后女人们围着我，坐相小雅，剥我的籽，燃我的壳。我看见她们紧绷的乳房和带泥土的裤脚。我被她们剥落，又被她们捡起。听见她们的玩笑、家事，甚至婚姻。她们身后那群孩儿，风筝般移动着！

桐·碾——

碾坊像一座迷宫。溪流的腰身被水车裂为音符，沟底掉落的声响让白云迷恋。她呀，就迷恋那轰隆隆的巨响。我在碾槽里重生，在圆甑中洗礼，在木榨内涅槃！我看见水牛被蒙了眼睛，踏着忧郁的舞步；听见巨木被劈成小块，唱着明快的歌谣；我被榨壳初恋般拥紧。这黑暗的孕堆，是我抒情的诵所，我的节韵在男人的号子声中弥漫着泛滥的油香。

这一次，我喜极而泣，金色的泪水，一滴，两滴，直到如瀑如河……

桐·油——

有了我，就有了夏朝的茶篓，商代的渔舟。我打量着人类的第一间茅屋，慢慢地走向山村，佯装巫师的法器，照亮少女的卧榻。还有那江南的瓦房和丘山，北漠的征战与苍山的行月……

叠石记忆

你的上空，长满了阳光的颗粒，你的腹部，诸神舞蹈着远古的图腾，人们对你的膜拜只是时间问题。也许是一片雪花，或者几滴微雨，把你叠成密密麻麻的花朵。那时因为你正在母腹中酝酿着自己出生的姿势！这竟然成了你面对村庄和太阳最后的模样。打那以后，在你和蓝天之间，我们有了耕耘的舞蹈。炊烟如歌，枫叶如画，在无边的岁月里，我们的双足一步一步走向花谷的神坛。

这些花朵般的石块，在一个星河流淌的暗夜，魔幻般长成了神的皮肤，哄我们风调雨顺，哄我们无病无灾。甚至举着神明的火把，照亮我们前进的路。越过冬天，又来到冬天。我们就这样婴孩般微笑着，把时间分为四季。天亮之后，我们称你为叠石！

祭坛上锣鼓喧天，村庄里男女交欢，森林里鸟兽嘶鸣。叠石的大门内外，就这样风雨无阻，就这样日月交替，这也许是我们这个星球特殊的风俗！

图腾的神柱这么大，在我苍凉的记忆里，沉淀着血奔的欢乐。我知道，你能完成一切生命的更迭。那个遥远的夏夜，我作为母体，袒露腰胸，让你耕耘生命，让你塑造未来的诸神！宇宙的左手和右手，掌心里都摆放着我与你神交的故事！

　　自从有了村庄，我们村庄的头儿，就想成为神，至少是皇帝。于是在甲骨上刻了文字，在易经中演绎吉凶，血战于野。最后，他们将头颅作为符号，群星般闪耀着，陈列着。在村口的土地上，有的已经成为故事，有的已经成为传说，但岁月带不走那一串串熟悉的面容！我在我的村庄里也这样拿着铁戟，雄风万丈……

　　今夜，又有雪花，或是微雨……

山谷有野梅

　　真是"寂寞开无主"，那两岸漫山遍野的野梅花这些日子独自成片开放，没有人类的攀摘，没有春风的问候，连鸟们蜂们都没有来打扰了。她们就这样香积河谷，花残随土，慢待岁月流转。

　　这片梅花确像隐居山门内的高人，也许是几十年来，我自己修为不够的缘故，眼见江湖旧事，心中尚有杂念累累，故无缘见识这优雅而高洁的花林。我问了百度，梅花多生南国。而又多以家养栽培为主，多为富贵主人装饰庭院的信者，花开时节，或为公子王孙攀枝怡情、或为骚客文公掐枝饰案，以喻自身高洁。自古以来，将梅与菊、竹、兰并称四君子。许是梅花的暗香浮动，或是她的疏影横斜，甚至是在寒冷的严冬，敢独自与冰雪为舞的另类，无须春的温情，夏的热烈，秋的暖阳，才被无数才子佳人，文人墨客视为品性高洁的象征。但我今天见到的是远离村落的野山河谷的梅林。这漫山遍野的梅花开就开了，落就落了，没有诗人的醉情赞许，没有女孩的人约黄昏。我也是偶然听人说，板桥那边有大片野梅花开得正旺。心仪之中进了板桥挨近楠木方向的悬崖河谷，认识了那片"不问云卷云舒"的梅花。

　　陈平兰是一位好心的女子，见我们到来，是为了那片野梅花，便丢下手中的活，给我们带路，进了花林。在后来拍摄的过程中，她便成了花的一部分。这个时节，万木萧疏，所有的林木进入了涅槃重生的冬月，任凭叶子掉落枯萎。只有一树树裸放的花朵若隐若现地在枝条上陈列。小朵得低调，淡雅得无为。若不是执意寻赏，这场面极易被忽略。但浓郁的梅香在胸前荡漾着，你不惊呼是不行的。陈平兰掠了满满的一捧花瓣嗅着、笑着，像有些爱恋的样子，弄得我们不得不心动。

　　河谷的长潭竟有渔船漂荡，绿水岸边似乎有帐篷的样子。原来，我们不是最早的探访者。好啊！这片野梅花不是孤独的。

岩山渡

这岩山渡口，查无典故，问无传说，两岸村寨也无名人问世。最靠得上边的就是从这个渡口，往上游一公里处是笔山坝遗址挖掘现场，据说当年挖出了距今八千多年的陶片及其他大堆文物。从岩山渡口随酉水河而下，几公里峰回河转便到了大溪。笔架山下的笔山坝有历史文化，大溪是湘鄂渝交界处重庆一方的重镇，也算政治中心了，可就是这个岩山渡口，真是前不见古人，后不见来者，两岸古树中的小村在酉水河的峡谷绝壁上悬挂了不知是一千年还是一万年。

以前公路不通的时候，这里确是少有外人来往，于是山村就在无边的岁月里，静静地任炊烟浓浓淡淡地消失或升起。我们是应中共大溪镇委员会、大溪镇人民政府的邀请去采风的，最后一站来到了岩山渡口，所有人是被这虬曲的古树、这夕阳的河面、这半新不旧的渔船，还有临江竹林里的悠悠古道震撼的。

把马致远的《天净沙·秋思》放在这里是最合适不过的。站在岩山渡口的古道上，对岸在历史上是楚国属地，这边则是蜀国山崖。据说在这峡谷之中，历史上是有一座藤桥连接的，如此险恶的过渡方式虽然没有了马致远的小桥景致，但却增添了游子断肠天涯的伤感。

我们到岩山渡时，正当夕阳西下，水岸上的枯藤古树上，远不止昏鸦一类的鸟声，它们在两岸的古树林间互相应鸣，河面上金黄的夕阳洒落一地，我是生怕这渔船的晃动乱了这水的金色。我的同伴们在小村前的坝子上临水而跪，抢拍江上夕阳，像是对美景虔诚崇拜的姿势，又像湘夫人最后一望的哀婉。

转过头来，村里的大人小孩已静静地站在各家的屋檐下看着我们这群村外人，像是在看风景，就像我们静静地凝视河岸。可能是为了安全起见，各家各户把自家已经用旧的渔网围在坝子边的悬崖处，免得这家的老人或小孩掉落江中。网的一端拴在古树上，另一端还是拴在古树上，这是世上另一类最美的篱笆墙，毛阿敏那篱笆墙有影子，好像不是这个样子的。

夕阳渐去，水面渐黑。从大溪赶场回来的女人背着孩子，摇摇晃晃地走过索桥，桥晃动着。竹林中的古道上，老人牵着黄牛悠闲而过，走进了暮色之中……

浪坪歌声

宣传部带队，组织相关媒体到乡镇采访。依计划，5月20日来到了浪坪乡。

白天在壮观的核桃基地、在场镇建设的火热场面、在青山古树的秀丽风光之中，我有一种特别的快感。晚饭后，我到广场散步，那里已经人山人海，让我忘记了自己是在乡场上。瞬间就融入"一夜歌声"之中。

一排排穿红衣的大姐整齐地唱着自编的山歌：

这里山高路又远，
远方的亲人难得来。
来了听我唱一唱，
浪坪的人民乐开怀。
……

听见这亲切的歌声，我有一种回到亲人身边的感觉。

我早知大河口的南溪河是盛产山歌的好地方。著名的南溪号子就出自这里。但在媒体见面会上，浪坪的领导有口难言：南溪号子早被黔江包装走了，成了人家的一道文化大餐；更要命的是南溪这地方虽然与浪坪地处一山，当年因为修大河口水电站，便于搬迁征地等相关工作的统一协调，而从行政上把南溪等两个村划并到了另外的行政区域。然而，南溪号子雄浑的声音却始终在翠绿的浪坪山水间回响。我们去的时候，南溪沟不少人正在浪坪赶集。一问，他们都说，我们从来就是赶浪坪，近啊。当天晚上，在浪坪乡政府广场上，给我们现场演唱"南溪号子"的老人们，不少就是从山那边的南溪沟过来赶场顺便加入了给"远方的客人"唱歌的队伍的。

> 吆起石头往前走哟——
> 哎呀哎呀哈哟——
> 要等石王早呀归呀位呀——
> 哈呀——哈呀！
> ……

　　这首著名的南溪号子，简直成了浪坪的"家歌"。人人会唱，老少动情。
　　人称浪坪"刘三姐"的张宗香，今年八十一，她依南溪号子随口编来，悠扬动听，感染得广场内外歌声次第，浪漫逶迤。这哪里是我印象中偏僻的乡镇，这完全是深山的歌场，世外乐地，要有福气的人才听得到，更要有福气的人才能生活在这里啊。
　　白天环山一访，这里确实是一个令人羡慕的地方。

满眼青山，公路盘旋其间，村庄规整，黑瓦成韵。更让我敬畏的是那些千年古树。要么三五成簇，自成一岭；要么独立成伞，庇荫村落。我们去了一处现场，六七棵古树在一个村岭之上，青翠欲滴，枝们相笑在蓝天之下，根们紧握在黑土之中，很像一个群居的原始部落，族人们彼此相依，千百年共同撑起这一片蓝天，共同佑护着这里的村民，共同迎接着远远近近来拜望他们的后生。我在树下静默无语。哪怕他们的丫枝有些像热恋中的拥抱；哪怕他们的硕大的树身长得"奇丑无比"，裸露着羞人造型。不信你听，有人还在吟诵。

那位被誉为"刘三姐"的歌者，要是在这些古树底下唱情歌，保不准真要把这几棵多情老树唱得摇摆身姿，忘乎多情。

几年前，我和县上一位重要领导来浪坪时，看到只有不到七八百米的马路街道，新建工地开挖得很不顺眼。领导说，浪坪再不发展，就并给庙溪算了！也许正是这句话，也许正是有先前的失地之痛，才激起了浪坪乡党委政府一班人高调热身，拉开了一场轰轰烈烈的建设序幕。

今来浪坪一看，当年那几十户人家的小街不知向前方延伸了多少倍，展现在眼前的是正在建设中的十里长街；当年"很不顺眼"的现场正是我听歌的广场、住宿的宾馆，高大的电子屏显示着欢迎我们的标语。在广场上和居民们载歌载舞的党委书记幽默地说："我白天指挥她们，晚上就是她们指挥我了。我跳的舞不像舞，唱的歌不像歌，还得认真学习嘛。"

流连在歌声中，一晃便到了深夜。我们刚进宾馆，主人知道我们是一群记者，那话匣子不打自开。他说话太多，我无法一一记叙。中心是浪坪相邻彭水的鞍子苗寨风景区十来公里，相邻黔江的鹅池乡也就十来公里。以前浪坪人都去这些地方赶场，南溪的人赶场去苍岭。可不像今天，不但他们都到我们这里来赶场，很多人来浪坪街上买地建房。

　　难怪人们常说：雄心在，精气神在。精气神在，气场就在。浪坪人目前正爆发出强大的气场，从乡领导的铿锵脚步到广场居民的激情舞姿；从喜气洋洋的居民表情到宾馆老板的如歌如诉。用句时兴的话说，叫"到处充满正能量"。回想到刚才那"刘三姐"不是最后唱了吗——

　　　　　　浪坪花花草草多，
　　　　　　不知哥哥你喜欢哪一棵?
　　　　　　要是真心留下来，
　　　　　　保证你像神仙过。
　　　　　　……

2016 年 5 月

浪坪图画

　　我曾经写过《浪坪歌声》，用南溪号子般激昂的语句歌颂过浪坪人积极奋进的精神面貌。他们开山打洞，硬是凭愚公移山的精神让浪坪发生了翻天覆地的变化。十里长街逶迤于山间，似巨龙盘旋。这边远小镇丰富的文化生活足以让在这远山之中居住的山民精神富有。这里的南溪号子几乎人人会唱，嬉笑之中，人们随便用新编的歌词，套上南溪号子的曲调便能让你捧腹一笑。山坳那边有人唱：

　　　　　　小情妹妹我的乖，
　　　　　　你会关门我会开。
　　　　　　开门不许门闩响噻，
　　　　　　上床不许枕头歪。

　　当然这边小山坡的吊脚楼上自然有妹子应和的：

　　　　　　小情哥哥你叫人，
　　　　　　半夜三更进我门。

前天为你遭顿打，

昨天又遭吊一绳！

……

　　这次又去浪坪，那些唱歌的人见到我们依然口吐莲花。苏远大是我们这个队伍中，年老的歌者，音乐家。在浪坪的那天晚上，几位中年妇女围着他演唱南溪曲调。他第二天告诉我们，嘿呀，老子昨晚记了八十多段。他一扬手，笔记本上密密麻麻，尽是歌词。

　　这次去浪坪，我见到的是一幅幅浓秋的画面。我们看完宣传十九大精神的文艺节目后，便去了传统村落的小山坡。离场镇不远的小山坡，有九十多户人家，清一色的土家吊脚楼。新硬化的公路在村子之间盘旋弯曲，一栋栋吊脚楼就像黑色的珠子穿成了一串，静静地放在了长满竹林的山坡上。对面的山峦染满了秋的颜色，红的枫叶、黄的银杏在村庄里次第展了颜色。放学回家的孩子、劳作的老人在寨子弯曲的巷道上去来行走，使寨子显得精神而充满了希望。赶场归来的一对年轻夫妻说说笑笑就到了我们跟前，女子提着一大包水果。遇见我们，她牵开口袋，热情地招呼我们吃。我们像下山的土匪，三下五除二，给她的水果吃了大半。男子站在旁笑着，像是一种享受，这是山村给我们的厚待。后来，男子自我介绍，他是小山坡的村文书。我的无人机刚刚升空，村庄里的狗听见声响，就在自家坝子向天空叫，孩子都围着我，一会看天上的无人机，一会看遥控器。从空中看见了村庄的全貌，孩子就吼闹着，说他家住哪栋房子。我就像《百年孤独》中那位拿着磁铁游走于村庄的吉卜赛人，给这个村庄带去了新奇的玩意，让这里沸腾起来，兴奋不已。

胡世良家的大院，被高高的石墙围着。后来我们才知道，这石墙曾经围着的是书声琅琅的私塾、庞大的丝绸加工厂和染布作坊。

继承土法制绢已五代之后的胡世良一见我们到来，高傲的脸上露出了真切的笑容。七十开外的他精神特好，讲起他的祖业滔滔不绝。

更让我们佩服的是他绝好的眼力。整个织绸的过程中，丝线断头，他能一眼瞄准，并迅速接头。他和老伴历尽艰辛，将几个孙子培养成人，其中一个还考上了清华大学。从他门上贴的精准扶贫帮扶卡，文化部门即将上报的土法织绸的非遗项目，包括我们这次采风，各种前兆表明，这古老的石墙小院充满新的希望。

朱家山金丝楠林是我们去的最后一个点。几山几岭密集的金丝楠青翠欲滴。祥和的村庄散居在林前林后，好一幅人与自然相生的和谐图画。白鹭栖息，林鸟喧和，山峰纵横逶迤，田畴隐约林间。一进此中，便流连忘返。我们偶然走进一户人家，是木板包装的房屋，大理石砌铺的院坝，房屋装有远程视频监控。一位老人迎接了我们，后来我们得知，她儿子是中国某知名公司的总裁。

交谈中，乡领导潘强告诉我们，三五年之后，浪坪就不是今天的浪坪了，作为深度贫困乡镇，有市扶贫集团的鼎力支持，有国家精准扶贫政策的对口帮扶，到时交通也好，产业也好，这里将崛起于周边，领跑在阿蓬江畔。我们等着那一天再访浪坪！

2017 年 5 月

歌声飘满南溪河

几年前，在浪坪乡场采访，一位叫张宗香的老人给我们唱了南溪号子：

> 吆起石头往前走哟——
> 哎呀哎呀哈哟——
> 要等石王早呀归呀位呀——
> 哈呀——哈呀！
> ……

她说这南溪号子，简直成了南溪河的"家歌"。人人会唱，老少动情。人称"刘三姐"的张宗香，那年八十一岁，依南溪号子调子随口编来，悠扬动听，给我留下了美好的记忆。她是南溪人，她说南溪二面坡，人人会唱歌。这边唱来那面和，云里雾里都是歌。从那时起，我就特别想去歌声飞扬的南溪河，去听南溪河两岸动人的歌谣。但因为阿蓬江没有公路桥可以直接过去，每次也就只在苍岭这边向南溪河方向看看。前几天，因为县文联的老师们到南溪村扶贫，在他们的统一组织下，我和摄影家协会的同道们去了南溪河，实现了我多年来想去南溪河听山歌的梦想。这一去，不但听了南溪号子，而且认识了南溪号子的传承人之一——吴芳、吴二妹。吴二妹热情大方，在那棵硕大的乌杨树下，吴二妹和她的团队一开口，歌声就在南溪河两岸的空中飘荡，我看见吴二妹的眼神随了歌声奔跑的方向在飞，歌声染了乌杨树，很老的乌杨树也摇着枝丫应和着。唱歌的地方是一个叫白杨坪的村落。村庄中的大人小孩前前后后赶拢来，在村边的山路上、苞谷林里听着、看着：

> 小郎你来清早来，
> 门前有条石板路，
> 蒿枝草草长成台。
> 莫打妄逛专心走，
> 谨防露水打湿鞋……

吴二妹就生在南溪河边，看着南溪河的悠悠流水，不知不觉长大。她的母亲今年 82 岁，为了照顾她的母亲，她辞去了在苍岭超市的工作，回南溪来当了村妇女主任，又加入了唱歌的队伍。她告诉我她的母亲也会唱歌，现在老了都还勉强能唱出几句来。这让我想起，头天在南溪村委会那位叫王怀芝的老人。她送土鸡蛋来卖给我们，和我们说了很多话，高兴得很，走的时候从村卫生室拿了一些药。后来我们在乌杨树下听吴二妹她们几个唱歌的时候，这位老人也站在我们面前。吴二妹她们的"主题曲"演唱完毕，王怀芝老人居然手舞足蹈地唱起来。吴二妹说她们南溪河祖辈以来，人人会唱歌，譬如她的爷爷奶奶、她的母亲，后来到她自己。她出嫁那天，大家吃过午饭，村庄里的两百多人，就在坝子上唱歌，一直唱到深夜。在南溪河，最有名的就是这南溪号子，从南溪河有人居住开始，一代代传唱至今。

> 齐丰齐号——喂扬咗！
>
> 齐用力咵——喂扬咗！
>
> 向前走咵——喂扬咗！
>
> 嫂嫂莫笑咵——喂扬咗……

这是劳动号子的一段，整个南溪河包括黔江区鹅池乡的南溪村、酉阳苍岭镇的南溪村，都聚于南溪河两岸。从劳动生产到节日娱乐，男女老少都会沉浸在这歌声的世界里。南溪河是一条永远长不大的小河，从它的发源地到阿蓬江入口不到十公里，但就是这条小河，在这小小的沟谷里，自成了南溪河独特的人文风情，小潭一个接一个，于是这条小河，有了起伏，有了自己的河滩，河水里长出一种叫白漂的小鱼，大的不过卡长，小的只有手指大小。这些小鱼满足了沿岸村庄小孩一代又一代的捕捞，他们在水里光着屁股打发着村庄年少的岁月。吴二妹虽然长在河边，她表面上是不去和这些小男孩捕鱼的，但她的心里清楚这些懵懂少年成长的全部过程。南溪河两岸高山耸立，村庄和田园就只有坐落在南溪河近水的两岸。

　　清清的河水喂养田园，田园喂养村庄。于是，这千百年的炊烟就在河谷中随雨随风地飘荡着，因为中间夹杂着高一声低一声的南溪号子，南溪河就成了一首叫南溪号子的歌谣。

　　这里的人们，从他们来到南溪河开基凿土的那天起，男女老少拧成一股绳，撬动着硕大的岩石，一步一步向前推移，一次一次向前翻转，他们用统一的号子，迸发出神奇的力量，建造了一座又一座房屋，包括他们的墓地，他们的沟渠，甚至田园和山路！

　　白杨坪这个村庄，有了这棵古老的乌杨树，足以增加村庄的底蕴和气色。这树在村庄中的竹林边，很好地将天空和大地融为一体，仿佛整个南溪河，就只容得下这棵大树。就这样，它在千百年的风雨中，与村庄同呼吸，与南溪河共命运。南溪河大凡有南溪号子的集体表演，这棵老树下面自然成了表演舞台。唱歌的人在树根边三三两两地站着，在横斜的丫枝间，疏密有度地站着、坐着，这吴二妹等人，就像来给古树唱歌的。这群唱歌的人，调子扯得老高的时候，活像这棵古树空心的大洞，或者说是大树在与二妹们合唱！这样看来，乌杨树应该记住了南溪河从古至今所有的歌词。你看，从埋在小路下的树根到裸向云天的枝叶，几乎都是歌词的写意。我要告诉人们，来南溪河听号子，只要亲近了这古老的树，就成了，二妹也好，那位叫王从良的师傅也好，在这里，他们都只能是这棵老树的学生。

　　南溪号子的传承面临后继无人的现状，吴二妹的孩子们都已经外出安家或工作，从酉阳直接到南溪至今没有公路，村庄里的年轻人也和其他地方的一样，外出务工的多，好在从浪坪到酉阳的公路要经过南溪，我们去的那天，村委会主任姜绍辉刚好去参加了这条公路的开工仪式。南溪村书记王启兵对南溪号子的传承做出了自己的努力，他成立了南溪号子爱好者群，大家在群里互相交流，爱好者也在增多。

　　大河口电站，就在南溪河与阿蓬江交汇处，先前的南溪河在修电站时被淹没，活生生消失了半截。高峡平湖后，南溪河的一些村庄就往河岸退出了另一种风景。从此，湖面上摇摇晃晃的打鱼船像歌谣般漂浮着。退水的季节，部分船儿搁浅在河滩上，任月亮和太阳修整！

　　　　　小河悠悠妹儿乖，
　　　　　清水映出两瓣腮。
　　　　　哪年哪月嫁给我，
　　　　　天天给妹提花鞋。

　　我看见有人在河滩上留下了一串串五线谱般的脚印，还传来这一句句动听的歌谣……

　　　　　　　　　　　　　　　　　　　　　2018 年 6 月

天边飘过可大的云

酉水河像一条玉带，从八面山上轻轻一抛，便低回婉转着，在可大的山间、田边和竹林里打量着这翠绿的岁月，舞蹈着村庄的摆手，轻吟着少女们裹了爱情的诗篇，然后侧身而归，去了潇湘、去了洞庭。可大就留守在八面山，孤独时，让反光的田园多些倒影，让没有内衣的山坡露出些红红的花枝，给圣洁的蓝天摆些白云。我来时，这些铧田的倒影在笑，散情的花枝在笑，白云流淌在我的腮边，也在笑。

可大是静美的，山的皱纹里藏着太多的快乐。我忘情地跪在草地上，和云天下的牛儿一起玩耍，它们睁着大眼睛，摇着头、动着嘴巴、吃着可口的嫩草，我给它们照相，它们啊，一会儿把胡子给我，一会儿将尾巴摆在相机前甩动，它们的一身金黄在草上云间构成了山村流动的版画。

油茶是土家人盛宴中的例汤，像土家人的山歌一样暖人心扉，这碗油茶从山寨土家阿婆手里递过来的刹那间，我的心跳着，像阿婆给了我一个她亲手养大的姑娘。我搞不清楚，漫山的茶树和这黑碗里的油茶有什么关系、怎样制得。我是喝着不问的。

　　我走过许多村庄，给了我无数伤感，瓦房没有了，吊脚楼上那一排排红绿的衣服没有了，连村庄里的狗都没有了，田地一片荒凉。可大的客寨不是这样的，四月初八是土家人的栽秧节，盛大的摆手舞，狂欢的歌，都在八面山下的客寨里上演。那天，全村男女老少由长老带着，在田坎上虔诚地烧了香、化了纸钱，躬身向水，这是客寨土家人对苍天的膜拜，对生养他们的这片土地的敬畏。一阵开秧的仪式之后，人们便在漫山沟谷的田园里开始了真正的舞蹈，在栽秧的人群中，不断变换的队列和手脚的姿势，足以让你找到一切舞蹈动作的来源。这些动作，是有生命力的，因为和白云的流动协调，承载大地的苍茫，恒久以来就这样。于是这个村庄田园般诗意，贵族般富有。村民没有忧伤，没有对大山之外的过分妄想。也许他们知道，所谓的城市文明在某种程度上不过是人类的另一种退化，于是大山便成了他们永恒的乐园，他们年年就这样在一场又一场盛大的节日里过活，快乐着，幸福着，低空的燕子盘旋着。

　　客寨是土家文化的演示厅，摆手堂前的老柏树，历经沧桑，在风雨里像一面旗帜，人们在柏树下展示着民族的文化、村庄的历史。这里三棒鼓鼓声正浓，这里哭嫁的歌谣里，流淌着香甜的泪水，孩子们学着摆手、学着插秧，孕育着村庄的未来。

激情楠木庄

　　如果不是峡谷有一个出口，这个村庄怕是至今都不会被外人知晓。

　　就因为这口子，这个村庄便有了电、有了汽车。甚至有女孩来到这里赖着不离开，还对村中男女说，想在这里找个婆家，隐居在这小桥流水的村庄。也因为这个口子，让这个村庄的歌声一泻千里，流响四方；让这个村庄的号子掀翻了白云，弥漫在天空；让这村庄齐天的长号伸过山崖，鸣响云霄。也是因为这个口子，我们便寻烟而去，进了山谷，去融入这"不知有汉，无论魏晋"的古木村寨。

　　这个叫楠木庄的村子，仅听楠木二字便知她的古朴高贵。楠木木质金色而光烁，自古被皇室享用。楠木庄的老者回忆称，百多年前，寨中有诸多楠木古树。而今村中古树参天，浓荫蔽日，落叶在竹林之中堆积如泥。在我的印象中，有参天古树的村落，大都是人财两旺。一访村中人家，历史上确有状元及第。就改革开放后，村庄还出了几十个大学生。

　　村前小溪四季悠悠，古石桥下，流水争鸣。几只黑狗黄狗在桥边懒睡，全然不怀疑我们这群山外人的身份。这村庄安静祥和，有若干四合院和古吊脚楼。院中坝石沧桑，院墙残断，门槛尚存，木雕依稀。这些景象无不在述说楠木庄的悠长岁月。

当然让这个村庄名声在外的，不是这里的山崖白云，险峰峻岭；也不是这里的小桥流水，古屋残道，而是这里的歌声——如韵如号的锣鼓、如泣如诉的歌谣、如梦如幻的舞蹈。

我翻阅了资料，这里的"薅草锣鼓"不仅上了电视，而且一路走出国门，到了加拿大、澳大利亚等诸多国家。凡是有华人的地方，几乎都有这首歌谣。不仅如此，这里的"薅草号子"也是重庆非物质文化遗产。

楠木庄也许正是被大山阻隔，才成就了她今天的古朴美丽。也许正是这里的沟谷常年弥漫歌声，人们的脸上才充满了抹不去的甜笑。去的那天晚上，我们在这个村庄幸福了一个夜晚。

看到村民放在坝子中间的锣鼓、唢呐等乐器，我们不经主人同意就拿在手上打呀吹呀，弄出了一些不叫音乐的声音。我们快乐着，村庄里的老人小孩围观着，也快乐着。这是幸福的序幕。

表演薅草锣鼓是楠木庄人的拿手好戏。我搞不清楚音乐的套路，但她们演唱的姿势、韵律完全让我忘情其中。那挂鼓提锣领演的一对男女老人，有七八十岁年纪。他们情绪高昂，成了演场内外的焦点，扭跳起来，如鸟戏空中，如猿之交臂。目光如炬，或招引伴演者，或目及观舞之人。锣声发、鼓声应，伴音天成。他们高声唱，伴者雄声和。一招一式、一唱一和。随号子声声起落，那群伴演蘼草的女娃子，锄头在她们手中落展有力，节奏鲜明。或左或右，或排或围，场面散合有序、变幻莫测。一曲蘼草锣鼓，足以把人们带回乡村的梦中，带回遥远的童年！仿佛自己已经置身春天那嫩绿的山坡，参与了一个季节的洗礼。要知道，这个村庄，衣食着山坡，当然他们也爱恋着山坡。这些号子呀歌谣呀舞蹈呀，随日光、随风雨来来去去。他们就用这些艺术的方式种苞谷、栽秧子、生儿子、养女儿，繁衍着村庄。于是楠木庄就成了楠木庄。

红石林

从酉阳东行五十公里左右，就到了这两天媒体炒得沸沸扬扬的酉阳红石林。

这片山地，石像众多，各呈其形。大多还深埋在泥土里，那被人梳理出来的一片大约十亩，已非常壮观。从山形体势看，开挖出来的石林只是冰山一角。

这几天，观赏者众多，是因为一些摄影爱好者将红石林的壮观图片刊发在《人民日报》和《重庆日报》等媒体；也是因为开发者已将整个石坡的一角淘出个初步的形状。看得出那十多亩已初步成形的石林区，也还没有来得及进行详细的线路设计和整体文化包装。这恰好是红石林最美的原生态，我作为第一批观赏者能见其真容是幸运的。

真正震撼人心的，是这些石头在青山绿水之间，整体呈现出一片淡淡的红色，造型优美，整山成一景，众石连一阵，又各自生成各种美妙的景观。数块巨耸的石头相连而去，形成排山之势；或单石独自向上展示诸多造型；或纵横分列像兵团之阵列列有序；或小石立于土堆之上，像屏风、像盆景、像兽形……总有一款牵动你的心肠，触动你的情扉。

我去过云南石林。云南石林有棱有角，石体锐硬，给人刚毅坚挺之感。酉阳红石林已让海水打磨数亿年，和红土相伴数亿年，已全无那份锐气。你看她们，即便在向上成长的过程中，都小心翼翼，一层层视其岁月温热而慢慢展开，皱纹似的、蘑菇似的、悬棰似的。便知她与自然抗争的艰难，便知她惊现于人世的不易。

朝晖初展或夕阳西下，其光洒在这片本来就淡红的石林上，整片林区更是红润有加，摄人心魄。每条石巷深浅不同，宽窄有异。有初窄而豁然渐开处；有从上渐入深处而少见其光芒者；有弯曲辗转而通幽之时。一路走来，人已汗流其身而不觉其倦。若立于巨石巅峰，观众山之青，赏日月之行，更是心旷神怡。长气一叹，振臂而呼，苍然鸟飞，积于心中之宿气顿时消散，有遁入仙境之感。更有深巷厚土生出藤蔓数枝，带叶挂花，皆有大碗粗细，蔓缠于巨石之间，轻依于小树之上，自成一景，给整个石林平添几分生气。来此处者，无不喜惊。激情之中，或拥抱藤蔓；或悬吊其下；或仰卧其上；或沿石攀爬，各异其姿，而实为心激也。

我到此处时，已有七八个漂亮女子，在那里手脚漫动，各造其型；浅唱轻吟，众叹其境。盲目之中，我的相机已摄下众人与石林相谐相生的许多镜头。

从山顶俯视全景，如造地之洪荒初泻。磊磊石峰，在夕阳涂抹之下，犹如带血的勇士狂奔疆场。更令人惊奇的是，石林顶上竟有百米见方的一潭碧水。绿水静卧，绿宝石般透亮，点缀在石林之间，形成又一幅绝美图画。

2019 年 7 月

湿地坝春秋

　　当苦难的印记还写在我们脸上，我们对这世界的微笑应该是真诚的。汪兴礼给我讲起湿地坝的艰难岁月，一脸的真诚，让我对他和他生活的村庄油然而生几分敬意。湿地坝地属黑水镇苏家村九组，在与毛坝交界的大山中。由于黑水这边，暂时不通公路，我便从毛坝转拐下来，走完毛坝境内往湿地坝方向的水泥路，黑水这边的毛路子车辆是没有办法前行的，好在前面一公里开外便是湿地坝了。作为一个摄影人，特别是像我是为着湿地坝这个村庄而去的，其结果是既无法拍摄村庄的全貌，也无法走进这些破烂的房屋拍摄比较好的细节，匆忙中十分的失落。因为没有信号，无人机无法起飞，又因为很多人家的房屋，不是垮塌，就是坝子长满齐人高的野草，有老人留守的房子，室内除简单的生活必需品外，几乎没有其他的东西。汪兴礼昨天才从麻旺回来，是村里通知他回来确认土地边界的，还有几家是委托他一并代理完成土地确权的。

　　先前，汪登平说湿地坝有五十多栋房子，但我细数过后，不过二十余栋，当然不包括村中裸露的屋基。汪兴礼告诉我，村庄人口最多时有三百多人，五十多栋房屋在理论上应该有的。这个村庄的先人们清乾隆年间从江西搬迁过来，日积月累，建起了像样的村庄，但村庄的日子从来就不祥和，在封闭的平坝上，历史上一直洪水肆虐。听完汪兴礼的讲述，湿地坝村民的历史简直就是一部与洪魔争夺生存空间的历史。

湿地坝四面环山，村庄分布在一条水沟划破的山间平坝两边。这条水沟的尽处便是一个消水的地坑，平常的日子，村庄是村庄，水沟是水沟，村庄与水沟之间是一望美丽的田园，村庄前面的竹林穿插其间，构成了一幅美丽的田园画卷。可是，一旦洪水到来，就是整个村庄噩梦来临的日子。四山的洪水暴涨下来，什么田园呀竹林呀村庄呀，就活生生地被淹成一湾黄色的湖泊。1987 年 8 月 28 日，正在酉阳民族师范学校读书的汪登平为了按时赶到学校报到，村民们用木头扎成筏子，将他从洪水淹没的房屋中摆渡到另一边的山路上……每当洪水涨起，居住在低处的人家就将粮食等重要的东西往高处的人家转移，洪水再涨，全村劳动力又将粮食向山坡上的岩洞转移……洪水特别大的时候，整个村庄的男女老少就到山包上的学校统一避难。人们从森林的缝隙里望着浑浊的洪水，焦急地等待消去的一天……我问汪兴礼，此地如此多灾，人们为什么不往大山外搬迁呢？他一脸苦笑，这里森林资源丰富，况且这一坝田土也肥沃，也有不被淹的年成，我们都习惯了。看来村民已经被这洪水培养出了处变不惊的忍耐力和个性，说到这里，汪兴礼讲到一个有趣的细节，某一年，洪水涨到汪国荣的灶屋，镇上领导来组织村民转移，他居然坐在火炕上，将脚伸进洪水中洗了准备上楼睡觉，叫他搬，他说：这有哪样呢？我年年都是这样，又没有遭冲走！

当然，湿地坝的村民不是没有想办法。从解放过后，政府就多次准备雷管炸药想从坛子口方向打隧道防洪，从1968年正式开始，湿地坝的所有劳动力都参与了防洪工程建设。但在大队支部书记汪国兴（一说叫吴胜文）不幸遇难后，工程就停了下来，直到1988年防洪工程再度开工，持续四年时间最终打通了170多米的防洪隧道。近些年来，村庄很少被大面积淹没。汪兴礼讲起参与防洪工程的建设，他们日夜奋战，洞里的石壁上挂了十几个马灯，在黑色的洞里，这些马灯就像天上的星星一般。和汪兴礼一起并肩战斗的名字他居然一口气熟练地念了出来：支部书记汪国兴（已牺牲）、汪兴明、汪国权、汪国荣、汪国华……他还说，打炮眼时石头太硬，汪龙明一百锤能打一寸，他只打了八分……

本来洪水止住了，村庄应该兴旺起来，无奈湿地坝地处偏远，除了四山茂密的森林，村庄中的几块好田，就没有什么优势了，尤其是出行极为不便。从湿地坝到毛坝赶场一般速度要三个小时，到黑水要四个小时。湿地坝的村民们在十多年前就集资打通了从坛子口到湿地坝的毛坯公路，在大山的悬崖上打通毛路之后，湿地坝的村民运木料到黑水去卖，路程缩短了许多，小到十三四岁的女孩，大到六七十岁的老人，有时一路运木料的有几十个，在山崖上拉出长长的队伍。虽然艰辛，今天想来也是一段美好的记忆。这些艰难的岁月，磨砺了大山村民顽强的生存意志和勤劳的品性。湿地坝的高山上出产葛根，当年湿地坝人抽空闲挖来葛根卖了钱后，二十多个小伙子到酉阳城里统一买了坎肩和黑色的呢子大衣，整齐地在回湿地坝的山坳上走着，人人肩上扛一副岩桑扁担，自豪感油然而生。但当改革开放大潮汹涌冲来，湿地坝的人们向往着现代文明，不得不逐渐走出大山。汪兴礼的两个儿子一个在重庆安居，一个在福建务工，就没有再回湿地坝的想法了。汪登志还捐资修建了湿地坝水沟上的两座水泥桥，也只是对故乡的一点纪念而已。所以，我去湿地坝，看见的是人去楼空的村庄，虽然还有十来个老年人在村庄守候着，但村庄已经没有了多少生气，听说政府最近要将湿地坝的毛坯公路硬化，但愿交通便捷后，湿地坝村庄的子孙们能再次回来，把荒芜的田园重新翻耕，将破旧的木屋重新修缮，因为他们的根和灵魂始终在这里。

花田叙事

第一次去花田，还在读大学的女孩何密说："那些来照相的都是要去这山上的，我给你带路吧。"那是多年前的9月，花田正稻谷飘香，满眼金黄。我在悬崖边打开镜头，开始了我的花田之旅。

村庄其实还是那个村庄。今日在村庄里的小溪边多了转动的水车，主人们把旧的瓦房收拾得很干净，连我曾经拍摄过的旧蓑衣、烂盆盆、篾碗笆、黑得发亮的木筷子笆也不见了。我在他们的屋子里到处翻找，主人说，哪个还用那些东西哟，脏死个人。村里小小的广场边，还贴着村里举办春节联欢晚会的大幅广告。从春节至今，已有些时日，"明星"们的脸，虽然笑意依旧，但画面已经淡了颜色。一旁的水车边，来玩耍的人自拍着，看着有趣的溪流，嘴里可能想说些什么。

何家的腊肉是这般吃法：我看女主人拿着拳头大的腊肉坨坨在嘴里不停地横啃，煮熟的，殷红的。我忍不住想要，主人家看出了我的心思，边吃边递过来一块。那肉殷红的，*丝丝有序*。我的天，味道就不用说了，反正是最鲜美的腊肉，咸得恰到好处，香得沁人心脾。我在村庄的小道上吃着，走着，很想遇见一个人，给他述说这腊肉的好。

田野上，满是劳作的人。一个五六岁的红衣小女孩，跟在父亲的后边扯秧子，那劳动力连半个都算不上，但她却是田间最美的装点。也许每一个在花田种田的人就是像这样开始了快乐的人生，这一半是童年，一半是诗意。

栽秧时节，人们像进行宗教仪式一样，一丝不苟，每个动作都极其认真。我深深地知道，每一株秧苗都是农人的命运。千百年来，花田人就这样夏种冬藏，不是因为我的到来，也不是因为电视台的直播。

犁田的中年人一眼便认出了我，因为那年在那丘园田里赶着鸭子犁田的就是他。一个农人的形象已经很美，那牛儿，那群鸭子都美，当然还有那圆圆的弯弯的田埂也美得不成样子。我告诉他，《中国摄影报》登了那张照片。他想看下，可惜我的手机却不在身上。

一场冬雪，会给田野披上朦胧的淡妆，会勾画出最美的诗行。

冬雪里的花田，一派静默，青蛙们不见了声影，只有一两头水牛还在田边打望。看那样子，是想编辑新一年的故事。

村里的狗三五成群地恋爱着，一会儿在村庄旁的竹林边，一会在田间的弯路上。远远望去，分不清男女。不一会儿，就会传来撕咬打斗的声音。

我的花田，我曾经喊姐姐来同住，一起听蛙声，一起看月落。

　　这些句子也是写给你的，你可要知道，这是又一年的夏天，我和蛙们，还有那每日例行上演的云海，都想你来看看。这几句，是在微信里，和一个女孩的对话而已。

八百田

　　这是一条野水，从发源地到山外都没有名字。她流过村庄，村庄就是她的名字，她环绕梯田，梯田就成了她的名字。

　　我本是去八面山拍摄晚霞，可路太烂，车无法前行，于是去了低处的一条野水，当地人就把这条小河叫八百田。

　　说是野水，是因为她完全是原生态，河床上的古树，水边的鹅卵石，还有水中的野鸭子。当然，偶尔在水岸上有一两户人家，附近是不规则的漫山梯田。溪流从天边的山岭之间流来，在有村庄的地方，就流进了村庄，在有田园的地方，又哗哗地去了田园。后来依次流进了这条叫八百田的小河。

　　八百田像柔美的女子，在低谷中没有了刚烈的个性。古树的枯枝一截在岸上，一截在水中，野鸭们一会儿在那上修理羽毛，一会儿又成群地在水里寻找着小鱼。村庄不惊扰它们，它们也不管村庄的春夏秋冬，不管农人的秋收冬藏。最多是到稻林里去打个转，吃些黄鳝，到荷田里去产些蛋蛋，为小鸭的出生找个环境优雅的家园，别的，它们都不去管。

　　古树多为柳林，扮了岸的风景，融入竹林，笼着村庄。八百田就在这些古树下若隐若现地流过，村庄里的男女就把这条静静的小河当成他们无遮无拦的天然浴场。夏天的黄昏，树上的蝉鸣、荷田里的蛙声合唱这山村的夜景。这时，村庄里的一些男女会分别在小河湾湾里全裸着，在水中和野鸭一样悠闲地浸泡着，任山虫鸣叫、任月光从古树的丫枝间洒落下来。

不期而至的我惊扰着这一河秩序。我一来，鸭子躲了边，赤裸裸的女人奔跑着上了岸。我笑着，她们跑着。我刚离开河湾，水岸边又传来嘻嘻的笑声，知了还应和着。

八百田是一坡梯田的名字，人们就顺了这个名字叫着这条小河。

摩围小雨

上摩围山若干次，我看见过她若隐若现的云雾，采摘过森林里茂盛而鲜艳的紫色花朵，甚至执手友人，穿过了隐秘而神奇的洞穴。在白云沾惹山峦的日子，和同学们在绿色的草坪上假睡，让金黄的牛儿摇着铃铛在身边左一嘴右一嘴地啃食草叶。此时，我正把这些记忆打包，读着摩围山的雨夜。

我在这森林的小屋里敲击草草的文字，夜雨将窗外的枝叶碰得吱吱作响，好似应和了我的心绪。彭水是我的故乡，站在这摩围的山顶，望遍山下的村寨，隐隐看得见我傻乎乎的童年。望见远方屋顶淡淡的炊烟，好似就能闻到外婆炒菜的油香。在飞云口的绝壁上振臂一呼，仿佛听见有许多童年的伙伴在山下仰头应和。但这怎么可能？我深知，这一切已与岁月渐行渐远，成为一种青灰的印记。

只是心灵的爱意与这片土地有越来越深的融合。

摩围山是有灵性的，她的一山一水，一草一木，似乎都充满了灵性。当你在这片林子的光斑里久坐，就会有无数的画面告诉你，小山那边还有更美的天堂；当你在深谷中，捧一捧泉水慢饮，岩壁上山泉的垂瀑就会吟唱着一首歌谣；当你和心约之人执手，鸟们就会在林枝间轻轻打语。近在咫尺的花根，仿佛真会穿到小林的那一边，被另一对情侣躬身扯走。

有一个传说，是说石头会唱歌。摩围山的石头不但歌谣阵阵，且舞着娇羞的花枝，向高猛的森林，向流动的山风和漂泊的白云，不管你来与不来，在和不在，她们都是这样导演着，从春到秋，从冬到夏。

我是很想成为这里的一块布满苔藓的山石，让自己身上长满紫色的山花，以许我的爱人，我的故乡，我的天地！

雨滴似乎更响，窗外的山谷，传来溪流的声响，便是惊吵我的睡梦，呢喃了这些文字，愿做一把黑泥，留在摩围。

图说川西

2019 年 10 月 11 日至 18 日，我们一行四人从酉阳出发，在川西小环线行程 3600 千米，完成了梦寐以求的川西之旅。依次从海螺沟、新都桥、理塘、稻城、亚丁、色达和梦笔山返回都江堰到酉阳，沿途景色多样，天气很好，让我们拍到不同状态的川西。当然，川西很大，包括甘阿凉几十个区县，如果把甘南和青海玉树等地算进来，那就更为广阔。因为这块土地都是高原，都是少数民族生活区，里面还有很多尚未开发的美景，比如我们想探寻的虹桥沟。它的每一个成熟景点，都由国家投入了大量资金，建了多年，如海螺沟和稻城亚丁。整个川西，沿途都是风景，而且不同时间能拍到不同美景。浓浓的藏区风情、美美的自然风光、神秘的佛教寺庙都会让人着迷。

海螺沟是我们进川西的第一站。

我们从酉阳出发，行程 1000 余千米，就到了海螺沟的磨西古镇。这是红军当年长征经过的地方，有毛主席的塑像和红军路过的痕迹。海螺沟所处的泸定县就是当年红军飞夺泸定桥的地方。毛主席的诗句"金沙水拍云崖暖，大渡桥横铁索寒"犹在耳边回响。但由于在夜中，看不见山势，也看不见汹涌的河水，古镇上一片祥和。从四面八方拥向这里的游客在古镇上来回游览，各家店铺灯光多彩。

第二天上山到海螺沟，天气也将就，只是满沟的彩林尚未完全出彩，顶峰的冰川被云雾遮挡得多了一点，但也还看得见冰川被阳光照耀的美丽峰峦。

下山我们便向318线的折多山方向进发，途中经过红石公园时兴奋了一把，搞了两张慢拍。一路行来，冰冷的雾气将康定上的折多山紧紧蒙住，不见一点视野，先前在朋友圈见过的折多山盘山公路，只能在爬山的行进中体会。车到山坳时，天气寒冷至极，我们迅速翻过山口，脱离浓雾之后，草原长相的山坡便有"康定情歌"的大幅字体。

但这荒凉的山迹怎么也无法与那首激烈的爱情歌谣联系在一起，不过我们还是在车上整齐地唱了一次"跑马溜溜的山上……"

新都桥是318国道线上一个长长的走廊，秋色艳丽。我们在路旁一家小店住了下来。新都桥实际上没有专门的收费景区，主要靠公路沿线的风景成就了路旁村庄的生意。虽然沿途都打着摄影天堂的牌子，但真架起相机，要拍出理想的照片，是比较难的。天亮之后，我们赶到了所谓的观景台。只是公路边的一块略高出村庄的平地而已，加上云层太厚，没有日出的光照，很难让逐渐赶来的摄影师们打起精神。于是我们又向稻城方向赶路，沿途的盘山公路都在彩林中延伸，到了天路十八弯，停留的人多了起来。

航拍的、观赏的，打卡般的停留拍照后，人们又向前匆忙赶路。穿过天路十八弯的隧道，车流便真正驶向高原。起伏逶迤的草原延伸到天际，和蓝天白云交织在一起。公路在草原上随势弯曲，车辆连着车辆，长龙似的。318国道这条繁忙的川藏线应该永远是这样川流不息！到理塘向稻城与国道318分道，车流明显减少。

稻城亚丁是我们此行的终极目标之一，但途中都是美丽的风景。佛塔、经幡、彩林、溪流、牦牛、村庄，在蓝天白云之下，给我们摆出许多优美的画意，我们几次在路上停留拍摄，几次欣然激动，川西之行就这样渐入佳境。

我们赶到稻城的香格里拉镇，已是傍晚时分，小镇一片辉煌。我们在靠近亚丁游客服务中心的地方找了一家旅店住下来。主人是达州人，给我们介绍了游览稻城亚丁的线路及注意事项。我们按主人的建议，买足了上山的氧气、葡萄糖及盒饭等。

亚丁五色海海拔达4700多米，人容易缺氧，还要步行往返长达十多千米的陡坡。主人的这些介绍当场吓退了我们的一位队友，她决定不去亚丁了。我决定带一瓶氧气、一瓶葡萄糖、一份盒饭、一个广角镜头上山。既然来了，哪有不上山的道理？

亚丁的雪峰，离天很近，那五色的海子，在雪山顶上缩成一片碧玉。亚丁人的经幡在湖岸上飞舞，周围的山上布满雪影，不管你从哪一个角度向水面望去，都是一幅沁人心脾的画。

　　我和我的伙伴，在湖岸驻足良久，很是不愿归去！我知道，上这4700多米的雪山，对于我，已是不易。还有，你看那成千上万的游客，他们有很多攀到半山，已是体力不支，或许是少了那么一点意志，或许是确实缺氧，难以呼吸。我是一小步一小步慢慢向这圣洁的山峰靠近的。到亚丁，不上这湖岸，我会笑话自己的。人生有许多这样艰难的时候，咬紧牙关，就过去了，别人要超越，是有点难度的！我亲眼看见，有年轻的男孩，为了他心爱的人，行囊里装满了玫瑰，背着心爱的人儿上那圣洁的雪山上去。这是多么伟大的爱情壮举！当然一路行来，有小孩，也有老者，他们与同行的人彼此扶持，每上一步，都会休息一会，然后望一望头顶的山峦，又上一步。我是敬慕这种坚强上进的精神的，我也是靠这种精神登上这雪山的！你的眼里有多高的山峰，你的内心就会积蓄多少磅礴的力量！只要你愿意向上攀登。奖励给你的是别人不可能领略到的风景。那些岩羊呀，马鸡呀，还有不知名的鸟在雪山上快乐地生活着，你看它们没有像我们一样气喘吁吁。我的氧气瓶到完成了亚丁之旅，也没有打开，我终于完成了登山的伟大任务。

　　川西的雪是说下就下。我们去稻城的时候，还是一派金秋的画面，返回时，已是漫山白雪，将高原与蓝色的天空画出明显的分界线。偶有几只牦牛摆在山脊上，显得十分耀眼。因为牦牛的影子，这高原的雪山和天空就变得活跃起来，包

括雪地里隐隐约约的村庄。那雪地里的七彩经幡更像是一首美丽的歌谣，那些歌唱青藏高原的句子仿佛随了经幡的抖动，唱出亚拉索的高音来！

从新都桥往色达的方向，雪山是渐渐少了，沟谷里多彩林，一条小河弯曲地在林子中前进，滩中裸露的石头，林中偶尔出现的石壁，都写满了藏族的文字。我们不懂那些密密麻麻的文字，只是我们被一个民族虔诚的祷告所感染！那注了经文的经幡一并在这些彩林间纵横飞舞，随风随云。我在炉霍县住宿的时候，向服务员要了一本炉霍县的县志，我要细读，也许能读到一个民族关于经幡飞舞的故事！

在蔚蓝的苍穹之下，银岭碧草之间，数千间褐红色的木屋，如众星捧月般簇拥着几座金碧辉煌的大殿，这就是我们所向往的色达。

色达，藏语意为"金马"，传说因在这片富饶而美丽的草原上曾发现过"马头"形的金子而得名。

色达县位于四川省甘孜藏族自治州东北部，平均海拔多在4000米以上。山谷里布满了密密麻麻的红色小木棚屋，都是在这里修行和学习的喇嘛（男僧人）和觉姆（女僧人）的宿舍，身披绛红色僧袍的喇嘛和觉姆来来往往，空气中充满生机和祥和。他们每天上午学习，下午辩论，在这里的学习时间最长可达十二年。伟大的宗教和哲学就是在这种自由的辩论中产生的。我们这些外人来到这里，真有些不合时宜，你可能仅仅对这些红房子和红色的僧侣感到好奇，进一步，你可能要为他们这种专一的修持所感动,僧侣们步伐有度,仪表翩然,我们混在中间,觉得格格不入。你只能由衷地敬畏这片土地和天空,因为这里充满了伟大的宗教和深刻的哲学,这里萦绕着清新的梵音和沧桑的歌谣!经幡在山峦上飘舞,祥鸟在天空云集,坛城的转经筒记录着每一位虔诚者的心愿。我们看着这一切,就这样悄悄地来,然后又悄悄地离开,生怕打扰了这些一步三叩首的朝拜者和盘腿诵经的僧人。

据资料显示,色达五明佛学院,是 1980 年创建的。

1987 年班禅大师亲自致函色达县政府,正式批准在这里成立佛学院,并赐予了"色达喇荣五明佛学院"的校名,1993 年全国政协副主席、中国佛教协会会长赵朴初欣然挥毫为学院题写了汉文"色达喇荣五明佛学院"的门牌。

黎明的梦笔山,有雪。一匹无家可归的马在山岭上站着。我们选好角度,在雪地里静静地等待太阳出来,我们需要阳光照耀雪峰的样子。这匹马知道了我们的心思,从山岭上下来,站在我们旁边,看我们调整光圈镜头,眼神里带着好奇,脊背上的鬃毛里有一些隐隐可见的雪花。我示意它再靠近一些,它摇头。我是想,我们既然相遇了,就一起快乐地玩吧,可是它不,它就这样看着我和我们的相机。这是一匹有着健康体魄的黑马,不像那些在工地上驮石头为主人赚钱的劳动者,带着痛苦的表情,迈着十分不愿前进的步伐。我便去接近它,算是打个招呼吧。可是,它转身就向山上跑了,我快乐地跟在它后面。可是山岭积雪太厚,海拔又高,才几步,就把我

累得不行。我仰面看去，马儿又到了山脊上了。夜已经结束了黑的统治，圣洁的雪岭和高远的蓝天之间竟有一条如此分明的曲线，马在雪岭上，还隐约看得见它回过头来的影子。

我记住了，梦笔山这匹黑马！

接下来，我们要沿着冰雪路下山，一大群牦牛，满身都是雪花，在公路上艰难而缓慢地前行。看着它们歪歪斜斜地行走，一不注意就要摔倒的样子。无知的我们，竟然希望它们摔倒，于是我们小小地加了一下速度，追赶它们在冰雪路面一歪一歪地前行。果然一只小牦牛的屁股坐了下去，但又迅速地站了起来，赶上自己的队伍。这时，一只领导形象的牦牛，转过身来，直直地站稳身子，愤怒地看着我们的车。我们知道我们错了，收了镜头，关了车窗，也停了下来。等它的同伴慢慢走到安全地带，那只牦牛才离开我们。在它的眼神里，我们读到了太多的内容，我们只是希望我们的恶意得到它的谅解。

我们想到虹桥沟去看看，可到沟外的村庄一打听，这个尚未开发的景区，我们要去是非常艰难的，大约要步行三十千米的密林，而且要步行登上3000多米的雪山，靠我们一天的行程是不可能的。我们用餐的店家用手机发给我们一些照片，算是对虹桥沟的间接观赏。这些照片我们在一个链接里已经看过，是四川一批摄影家自带帐篷，在里面徒步多天而拍摄的首批资料照片。我们望着大山，看着这些图片，敬慕这些先期进山的探索者。

新疆故事

2018年9月25日，这一天，于我和我的同伴都应该是一生中难忘的一天。

早上六点，我们从轮台县城前往胡杨林。那天正是八月十五中秋的夜，月亮在西方夜空高悬，我们行驶在沙漠公路上，夜月下，偶尔看得见油井灿烂的灯光。

进入胡杨林，到了塔里木河胡杨林沼泽地，一束束光影刚好透过胡杨林斜射到水面，画面极美。我们迅速将无人机升空，忘情地拍摄着一幅幅绝美的胡杨林画面。赵伦德开始将低电量的无人机回收，不料由于风力太大，无人机无法回飞，电量耗尽后掉落了。我赶紧将我的无人机收回，虽然在空中被风吹翻了几秒钟，但最终还是飞了回来！大家在惊慌之余，共同分析赵老师无人机掉落的地方。可能在距水面三百米远处，赵老师指着水面的胡杨林说。我想，要是无人机找不回来，赵老师哪有心情开车呢？如果这样，未来几天我一个人开车，是非常艰苦的，但当前重要的是把无人机找回来。我赶紧开车到游客服务中心看能不能寻得什么帮助，问工作人员有船没有。塔里木河原来是不能行船的，一个湖北籍的中年男子

能游到胡杨林水域中去取回我们的无人机，但我们必须要指明具体位置。我和这位工作人员来到无人机起飞的地点，赵老师正在着急地和大疆公司服务人员按照坐标定位寻找无人机，可我们赵老师报告坐标数字时的普通话不标准，弄得对方工作人员听错后回答：先生，你的无人机在俄罗斯什么什么位置，弄得我们在痛苦中大笑起来。汪登平自告奋勇，认为自己的普通话比赵老师好，夺过赵老师的手机和无人机遥控器向对方正正经经地讲普通话，我看他也很吃力的样子，只是比赵老师略微说得通顺。其他几个同伴忙一团，刚才那欣赏美景的疯狂惊喜一下降到了零下八度。大家知道，这个赵老师对我们的行程太重要了，要是他不高兴，一是车不能开，恐怕也不能照相了，更重要的是一路就开不起玩笑了。

我再问站在我身边的湖北朋友：你真的敢游过去？

他回答没有问题，我心里担心，万一他在水中有个三长两短，麻烦可就大了！心里正犯着嘀咕，突然大疆公司传来了卫星定位！大家一声"哇！"，激动得把地图放大到最大限度。我的天呀，无人机居然没有在湖水那边，就在公路旁边的胡杨树上！大家飞奔着，都向那个方向跑去……

找了十多分钟，我们看见无人机在一棵大树下的草丛边仰躺着。大家高兴得跳了起来，互相拥抱着祝贺，和无人机照相。我们这时才有心情对赵老师的普通话和无人机飞到俄罗斯的问题开玩笑，这也成了日后几天，我们互相调侃的内容之一。当时，汪登平迫不及待地打电话向远方传播，那脸笑得看不出原来的结构，高兴得泪水和口水同时流出来。其他几个女同胞也前仰后合地笑着，喘不过气来的样子，又着腰说把肠子都笑断了。可赵老师从懊恼到兴奋有个转折过程，于是指着汪登平："你个批人……"汪登平的电话广播戛然而止……

愉快的行走继续。我们在胡杨林中简单拍摄了一些人像，然后在沙漠中摸爬滚打，突然狂风大作，起了沙尘暴，我们赶紧上车，逃离沙漠。公路上流沙狂卷，流沙像洪水般涌过公路，我们的车在飞沙中行驶，前面的公路时隐时现。我们没有感到任何危险，像是在与沙漠进行亲密的狂欢！

最恼火的是从库尔勒往和静县翻越天山时遇到的暴风雪！我们的车刚接近山顶时，天色已晚，突然出现了雪暴天气。几分钟时间，暴风雪将路面和勉强看得见的山野染成了白色一片。几百辆车瞬间滞留在公路上，闪着车灯，前不见头，后不见尾，轮胎迅速与地面冻结在一起，车辆移动，听得见"咔嚓"的碎响。我们努力打开车门，雪风刺得皮肤剧痛，手中的相机根本无法举起，只好迅速退回到车上，茫然地等待着……几个小时过去，前面的车终于开始移动了。我驾驶着车辆，慢慢移动，无奈路面打滑，不敢加速。前面的车已经远去，看不见车灯了，路面不停地吹着白毛风，车灯照得到的地方，一片白色，根本看不清哪是路面，哪是旷野，同行的伙伴们，打开两边的车窗，想帮忙寻找公路的方向，大家屏住呼吸，我带挡观察慢行，刹车不听使唤，这是我一生中唯一一次无法控制车辆的状态。我们在白毛风狂吹的路面滑行一百多米后，公路中线渐显，进入安全状态！

　　下山之后，前往那拉提的道路已管制封闭，此时是凌晨1点。沟谷中有几处零散的砖屋，我们问得一家有住处的"旅馆"，一楼一底，楼上可住，我们要求老板给三个女同胞单独一个房间，我们男的随便安排都可以。我们几个就在几张烂铁床上简单过夜，整栋楼住的都是滞留人员。半夜时分，整栋楼的呼噜声此起彼伏，就像一场有组织的音乐演奏。第二天，女生起床后，诉说着她们平生最大的痛苦：她们房间厕所的便槽，因冰冻天气，无法排水，前面的住宿人员排泄的脏物堆了黑乎乎一槽，让三个平时极端爱干净的女生煎熬了一夜。

　　第二天，天气好转，我们继续前行，再也没遇见类似的烦心事了。

瑞丽在西

　　有些地方，会因为美丽的名字让你牵挂终生，瑞丽就是这样。这次一狠心，我把车直接开到姐告口岸，和瑞丽来了一次零距离的亲密接触。

　　瑞丽在云南的西部边陲，与缅甸接壤，杭瑞高速的终点，有机场，交通还算方便。只是路途较为遥远，从昆明出发有700多公里。

　　我先前梦想的瑞丽边陲，当是异国风情浓郁，小镇像丽江古城一样别有闲逸，中缅一条街热闹自由，姐告贸易区边境商业繁华，一寨两国别有风景。但去了之后，完全不是这样的。

　　先说中缅一条街，姐告贸易区、边境口岸，实际上是一个区域，一过瑞丽大桥便是。原计划是要在那里购物。结果让人大失所望，几条水泥大街和内地的城市完全没有了区别，走到国门处，雄伟威严的标志性建筑挡住了我们。我们象征性地拍照，便围上来三五个羊儿客，什么拍照的、游说我们出国一日游的，等等，几位爷还为拉生意吵了起来，互不相让。这景观和人事，严重影响了我们的心情，我们向另外一

条街走去，那里确实是出国的关卡，军人把守，通关严格，先前拉生意的人就是叫我们花几百块钱从这个地方出去，玩了一会儿吃顿饭就回来，算是出趟国了。另一条小街上有一块"中缅一条街"的石碑。冷冷清清，人影难觅。一打听便知，对面栅栏隔着的便是缅甸。缅甸人在自己那边摆些小摊，我们的人可以在栅栏缝隙里向他们购买那边的物品，什么香烟、水果或挂串之类的，而另一侧中国这边，是整齐的一排排门面，全是玉石。说起缅甸翠玉，云南的旅游坏就坏在这上头，先前很长一段时间，人们去云南旅游，一定是要买点玉石什么的，可几经演变，假的假，骗的骗，价格混乱，鱼目混珠，很多人上当之后，一传十，十传百，弄得人们见玉生疑，于是大大小小的门面里，我们不知道哪些是玻璃圈圈，哪些是玉石块块，不管老板们如何解说，我们还是心存疑虑，老板望着我们走过，表情从狡诈变得茫然。这就是缅甸玉石市场目前的处境，因为诚信丢失，恐怕是很难起死回生！

我们去一寨两国，我们租用的车辆，驾驶员自称是四川人，和我们套近乎，我们勉强相信了他。因为我们确实想买真正的玉石，叫他给我们介绍一个正规的国家商场，他说要得，便把我们拉到一栋大楼院坝。结果出来一个人，向他使鬼脸，叫他的客人稍等片刻，旅游局的人正在检查！我说领导来检查，我们不正好购买吗？那人说不行，我们便转身离开，买云南的玉，我们还真差点缘分！

这样几次失落之后，我们去中缅友谊桥，缅怀一下当年为抗日做出巨大牺牲的战士们行走过的地方，整条公路两旁，有不下百十家的木材交易企业。原来，中国境内大量的红木家具，全是人家缅甸、越南那边砍伐过来的红木，商人们从这里批发到内地，然后由各家具企业制成红木家具卖到全国各地。

独树成林是瑞丽的一个自然景观，但游人稀少，较为冷清。很明显，瑞丽的旅游还有功课要做。

丽江三章

水之城

在中国的古镇中，丽江是别具一格的。黑龙潭的古槐树，横江卧土，在水中挣扎着岁月，被风雪摧残的丫枝，搂搂依依，就这样走过盛唐、走过明清，见证着茶马古道沧桑悲壮的远古历史。丽江被缠满东巴文化的古树装点，演绎着历史的序幕。于是一座城市被风、被雨、被日光和雪水洗涤成一颗璀璨的明珠，一颗沉沉的历史化石。

如果一座城市真有不朽的传奇，水一定是这座城市最沁人心脾的乐章。周庄如此、乌镇如此、龚滩如此，丽江更是如此。玉龙雪山圣洁的雪水，在黑龙潭的古树林里彼此缠绵一下，便舒展着身姿，带着古槐树盛开的花，一分二、二分三、分成千条万条清澈的溪流，在古镇里绕来流去，静静地、悠悠地捆绑着岁月，纳西族的少男少女、阿公阿婆可在自家的门边，弯下腰来，随手捧起软软的溪水送到锅边、或直接喝进嘴里，就这样养育纳西族、养育着丽江古镇。

我们在束河古镇，真被那不可触摸的悠悠流水留住了。我们坐在不知是谁家的古老木凳上，向主人要一碗茶喝，偷听邻家女孩的古筝音乐，任凭脚下的流水向我们未知的方向缓缓流去，之所以看得见水在缓缓流动，是因为水草摇摇摆摆的身姿暴露了水的秘密，也许水是怨恨的，这招摇的水草啊。对岸的一对女孩，不，这哪里是对岸，简直就伸手可触，我们就一溪之遥，她们斜坐在木凳上自由自在地放松着，她们偶尔把玩一下手机，尽情地享受着古镇的一切，身后的小水车不停地转动着，告诉我们，岁月在流逝，生命也在流逝，唯一不变的是这里的石头、这里的水草和这些古得长满了皱纹的木头。那些逝去的马帮，那些过眼而逝的木府风云，都好像在告诉我们时光流逝的悲壮和生命延续的魅力。

玉龙雪山据说是纳西族的神山，我想不仅仅是因为她的千年洁白，她和蓝天相映生辉的无限美丽，而且是因为她源源不断的生命之水使雪山下的丽江古镇充满了生生不息的活力。

花之城

丽江是花的古城。

丽江的花包裹了整个城市，沁到了城市的肺叶，甚至城市的所有神经。

丽江的每一沟清水依偎在古城的怀里，接受着花草的抚摸，那些花草从古老的房檐上垂幕下来，触过游人的肩膀，滑过朽旧的木柱，轻轻落到水里，在漫流的溪水中划一点点痕迹出来，溪流中的水草看到了水面的热闹，也歪歪斜斜地伸出头来，见见阳光，会会水面依依的草穗，水中忽快忽慢的小虾鱼在水草中自由着，抒写丽江慢生活的款款情绪。在老木屋的城墙边，偶有得风应水的几棵古树，叶子也被秋风染成了或黄或红的颜色，在纯蓝的天空笼罩下，透过树梢、透过古城的房影，还隐隐看得见雪山的远影。古城的广场，除了永远转动的水车、永远发黄的城墙雕塑，全成了花的舞台，有的抖动着腰肢像舞动的女子；有的倚藤横开，像荷锄而归的农人；有的并排怒放，像红歌列队；广场中央，是一树用奇花蜿蜒而成的盆景，吐露着盛世的吉祥。古城深处，不论是经商的店铺，还是悠闲的人家，一进院门三尺里，满是花草拂古墙，或一张茶几，或两排石凳，也许墙上多一些古玩的饰品，人影闪现时，小家碧院的景致就活了起来。

丽江的女孩，想赞美时，先叫她们一声胖金妹，女孩高兴，或许会将她们那一身别致的花衣服、花裙子摆动起来，和你这位远方来客欢声细语地应和，说不定你就这样有艳遇了，到了丽江，乐不思蜀。

满城的铺面里，纳西族人在忙碌着，女人对着街面纺织她们的岁月，一块块花色别致的披风或者围巾在她们的手中巧然天成。她们的手脚不停地动着，脸上洋溢着会心的微笑；一些铺面的男人专心致志地打制着手中的银器，用手掂掂，用眼瞄瞄，不对时，便抡起手中的小锤。没几下功夫，一件花鸟装饰的银器就摆上了店面。

我记着故乡满山怒放的红杜鹃，还有草原上那些百开不厌的各色花朵，也见过花店里被人工装饰得表面美丽而实际死亡的鲜花，而丽江的花给人的印象是更特别的，她既有自然的美，又有特别的生命力。人与自然做到这般和谐，彼此欣赏，互不伤害，这才是自然之大美。

青龙桥

这里要说的是丽江束河古镇的青龙桥。

资料说青龙桥是有相当的历史了，也是当年去茶马古道的必经之路。到今天，只是暗淡了刀光剑影，远去了鼓角争鸣，留下的只是满载历史星辉的沧桑。今天看去，石桥完整无损，但桥面的石头有的光可鉴人，有的缝裂无序，有的则凹凸不平，还有的石面微微倾斜，还原不了先前的姿态了。那栏边的条石虽然没遭受马蹄的踩踏，但经过无限的风霜雨雪，当年石匠开凿的痕迹已完全斑驳。偶有桥石石缝长出的杂草，年经一年下垂到静静的水面，和不远处丝丝垂柳迎合着。夕阳照过，此间便是残红败影，让游人别有一些伤感，再想当年古道上往返的匆匆人旅，要是没有了桥面熙熙攘攘的游人，扑面而来的一定是马致远的天涯秋思。

青龙桥的石头不仅满载着人们用脚步演绎的沧桑历史，更重要的是这一桥的石头，就是一桥的宝贝，红的绿的都有，白色纹路装扮其间。那红的部分，暗红深红不一，像朝霞、像鸡血。那绿的部分像翡翠，也像大山的颜色。那白色的更像无瑕的云朵、玉龙的雪色。

我轻轻走过桥面，生怕触动了这一堆历史的神经。我俯身轻手抚摸这些残石的光滑，我的灵魂像融进了这些经历苦难的石头世界。也许每个走过青龙桥的人感觉是不一样的。风姿女孩会依在青龙桥边，把她当浪漫无边的靠景，感怀丽江快乐的时光；那些拿着相机，在桥的上下左右拼命抓拍的远方游子，总想把这充满无限艺术和有无限历史的古石桥带到另外一处去品鉴，或是江南的周庄，或是漠北的山海关。可我是没有这份心思了，我就像这座石桥，有过光辉，也经历风雨，甚至羞辱。

　　青龙桥，就这样永远不偏不倚地承载历史，承载风雪。

夯沙纪事

　　"夯沙"在苗语中是指飘满歌声的峡谷。我们在辰溪县牛溪村拍摄完制陶的场景，时间尚早，与同行的朋友约定，当晚赶到夯沙驻足。到夯沙附近的山岭上，已是晚上八点多，能看见脚下星河一般的光点，我们猜想那应是飘满歌声的峡谷。

　　准确地说夯沙是乡场，保靖县吕洞山镇的政府驻地。到达夯沙，天已漆黑，场上有零星的铺面尚未关闭，从头到尾寻问，就只有一家可以接待外人住宿的"旅馆"，临乡场小河的桥边，叫"山里人家"。

　　一位七十多岁的苗族老阿婆接待了我们。二楼的房间里有老式木床，两床之间有一个脱了漆的小柜，临河的小窗上挂了一块陈旧的灰布做了窗帘。整层楼就一个简易厕所，朋友用筷子做厕所的门闩，在里面安全使用。

　　我们掐指一算，苗乡夯沙赶场是旧历的初五和初十，我们来早了一天。于是，我们决定次日去吕洞山苗寨打望。头天夜里在山岭上看见的整齐的灯光，原来是排拨苗寨的檐灯，在各家各户的屋檐下挂着，清一色的马灯外形。李老师告诉

我们，夯沙最好的还是吕洞苗寨。当地人将附近的五个苗寨分为金、木、水、火、土五寨，吕洞山苗寨属于水寨，是国家级的示范村落。几百户人家从谷底依次沿山坡斜伸，一直到岭上白云生处。寨子清一色木屋黑瓦，从廊桥进寨，婉转悠长的石板路过了这家，便连接着那家。

我们去吕洞山苗寨正遇雨天，峰谷云雾缭绕，打远望去，山坡的瓦屋被云雾一遮，只见了部分的清晰，还包括古树和竹林，一幅若隐若现的画境，越发像神仙居住的地方。

村子里，三三两两的苗族阿婆在雨天无事可干，便在某家屋里扎堆唱歌摆龙门阵。我们进屋来，阿婆们便高兴地唱着欢迎我们的苗家歌谣。干净的屋里，堆积着秋收的谷粒。桌子上的盆子里有煮熟的红苕。阿婆想叫我们吃又怕我们嫌弃，那眼神里就是这个意思。

我选了最大的一个，大口地吃，边吃边按快门，阿婆们的歌声越发响亮，惊动了整个村庄。来看我们的，来给阿婆接话的，不一会，挤了满满一屋子。透过窗格望去，远山上的白雾飞着，稀的、密的、浓的、淡的，像是被阿婆们的歌声惊扰似的，又像是在山谷间摇摇摆摆地舞蹈。这不是飘满歌声的山谷又是什么？夯沙，夯沙，原来就是这般的音韵。此时，我已想忘了山外的世界，那一切一切的是非，融入这神秘的山谷，听歌戏水，看云卷云飞。

一个叫龙阿莲的中年妹子，一说一笑，摆动着苗装，叫我一定给她洗几张照片。她望着山外，一脸期待和惆怅的样子。

我说，要得，我一定会来看你的。

　　夯沙赶场，就像庙会。山里山外，各个寨子里的人们，吃完早饭就往场上赶。阿婆牵着孙子，老爷拿着烟杆，他们很多人都背着背篓。一路一路，从山坳上走来，从水沟边走来，有说有笑。卖各种小菜的苗族男女沿乡场两边依次摆开，买菜的，取钱的，包括那些只赶场喝酒的苗家老人。他们着实让乡场热闹得拥挤，各式苗族服饰集中展演着，和这里的山水和谐，和场上的物类相关。

　　卖不完的菜，阿婆们懒得背回去，索性就把剩下的两把送给了乡场上熟悉的人家，店主也会抓一把糖果塞进阿婆的衣袋。孙子见状，大手取走，小手就伸了进去。阿婆一声吼，小子偏着头不依。"山里人家"除了老阿婆，还有一对中年夫妇，赶场天就卖吃的。苗乡的老人家在店里喝酒，不醉好像是不走的。到下午主人一声追吼，醉眼惺忪的老人们才歪歪斜斜地走出门去。

　　龙阿莲也来赶场，穿的衣服比在寨子里穿得更乖，她严肃时脸上都带着笑意，更不用说她高兴时的样子。见到我，眼睛笑成一条缝，就找些昨天在寨子里见面的老话来说。我知道她的心思，我说，我要给你洗相片去，我会再来看你的。说着说着她脸红了，当天有微微的太阳光。

表妹堆堆

张家界顶有神仙

　　"张家界顶有神仙"，是朱镕基在这万峰峥嵘的山顶，望着若隐若现的列列岩头的深情感慨。居庙堂之高的总理日理万机，公书积案，民情盈心，他真没有时间享受这山水之清闲，当他回湘西张家界时，忍不住如此感慨。

　　我去张家界，登顶临谷已多回，每次登临绝顶，总被这千般造型弄得赞美不得，吟说不得，总没有恰当的言语来准确描述这奇石之美。我只有不停地攀爬，不停地行走，尽量靠近这些耸天的巨石，尽可能沾上点灵气。

　　如果像描写风景那样来描述张家界，那语句不知是怎样的苍白和乏力。因为张家界的石山早已超出了风景之美，进入一种类似于哲学的范围。所以朱镕基一看，便知道山里有神仙。古人在自己的心境里塑造了神仙的形象，并努力达到最高的造化，升仙为乐。把神仙的住处安排在昆仑山巅，或蓬莱诸岛等地方，有山水之奇韵，便可吸附生命之精华。我现在才发现，古人臆造的神仙居所真可能是张家界。

　　方圆近三百公里的奇峰怪石，连同这些石壁上千年不老的松叶，它们在日月轮转中，无冬夏与南北，云雾缠绵，清风吹拂，一派浑然天成的景象，能在这样的山顶沟谷，或者深林绝处享一日悠闲，这便是神仙。神仙不过如此，取山巅的日光拂面，吸深谷之泉水清心，采一两味叶木为食。

我一直在想，这排石阵如何天成？我上网查询，什么地质变迁，什么深海演绎……那地球上处处为桑田沧海，咋就此处如此奇妙？

这些石柱高及天心，大不过百步，表面轮廓分明，倾斜有度，峰峰之间，间隔错落，如此完好，既非人造，也非风移，大胆告诉你，此等造型，非神力不可为。

凡夫之游早有归述，即说张家界的山，九寨沟的水，喀纳斯的树。九寨之水得于雪山溶水积流，加上地震塞堵而成，喀纳斯也是自然气候变化所造，可张家界不是的。所以，到张家界，就是到了神仙府。这里用摄影的方式可得上乘风光作品，用写诗的方式可得山水之神韵。与那"七八个星天外，两三点雨山前"是另一种空灵。

行走在山谷，置一红衣于溪岸，自置些枯叶前景，惹流泉激动，想上岸的样子，可能是的。我是被这景致感动得不想离开，猴子们成群地围上来，我自觉身处福地之中，布袋里有些食物，我吃什么，猴子们就吃什么。我的食物没有了，猴子们在树枝上吃什么，我就吃什么。张家界的沟谷，有采摘不完的野果。什么八月瓜、野核桃、秤砣子，等等。

表妹谁谁

你只要愿意向林间打望，总有一款野果适合你，只是你可能够不着，摘不到而已。因为你可能不是神仙，而我能行！因为我处江湖之远。

西 递

　　来到西递，首先进入眼帘的是一座气势雄伟的石牌坊。
资料显示，这是一座兴建于明万历六年（1578）的"胡文光
牌坊"，俗称"西递牌楼"，高高耸峙在眼前。当时的西
递人胡文光（1521—1593）登嘉靖乙卯科进士，先为江西万
载知县，后为胶州刺史，迁荆王府长史，授四品朝列大夫。
因其政绩显著，皇帝遂愿准敕建这座石坊。400多年以前建
起的这座牌坊，让封建朝廷威严的皇恩如一股强劲的潮水
涌入了介于崇山峻岭之间的小山村 —— 西递。它连接着遥
远的京城和偏僻的乡野，承载着西递人无限的荣耀。因为
它的主人是西递的儿子胡文光。胡文光生活在明朝，先辗
转各地为官，后得当朝皇帝的叔父长沙王的赏识，于是有
更多机会直接亲近皇帝。或许为官政绩不俗，或许为人精
明干练，胡文光竟然赢得皇帝特别的嘉奖，恩准他在家乡
建造一座牌坊。

　　旧时在西递村口有牌坊十三座，其余的都已被毁坏或倒
塌，没有了痕迹，唯独这座牌坊完好地保留了下来。如今，
浩荡的皇恩已在历史的烟云中模糊消逝，西递人的荣耀在时

间的长河中依稀可见，胡文光名显乡里光宗耀祖的那份自得和满足也随着他自己沉入了历史的深处。而所有的这些，后人已经感到陌生和陈旧，再也无暇去想象和体会了。面对巍峨无语的牌坊，我想，无论是至高无上、尊贵一时的帝王，还是位高权重、显赫通达的官宦，抑或辛勤质朴、默默无闻的普通百姓，在如梭的光阴面前，其实并没有什么区别。

位于胡文光牌坊西侧的"走马楼"，又称"凌云阁"，始建于清代道光年间，相传是当年西递首富胡贯三家族为迎接歙县的亲家、当朝宰相曹振镛的到来而突击营造的。现今的走马楼是依据当年的布局重新修复的，并与相邻的七哲祠遗迹共成一个景点。走马楼分上下两层，粉墙墨瓦，飞檐翘角。现走马楼内表演黄梅戏、抛彩球、茶道等节目。楼下有单孔石拱桥，名为梧赓古桥。西溪流水环绕走马楼，穿桥而过，在这里可领略到"西递八景"之一的"梧桥夜月"美景。

西递古民居内大都设有"天井"，这是徽派建筑的一大特色。天井的设置，一般三间屋在厅前，四合屋在厅中，起到采光、通气诸功用。因过去徽商巨贾为了藏富防盗之需，其住宅大都建有高大封闭的屋墙，很少向外开窗。设置天井，把大自然融入屋中，使"天人合一"，足不出户，也可见天日。还有一种说法，就是商人以积聚为本，总怕财源外流，造就天井，可"四水归堂"，即四方之财如房顶上的雨水，汇集于天井内，不至于外流他家，俗称"肥水不外流"。

我们到西递的时候，看见很多学生在小桥边写生，一些人家在窗台上或是自家的室内搞了很多人文的创意，吸引游客观看。但那四合院内挂满的火腿却是居民真实的生活。西递的溪流从巷道秀美地流过之后，便来到西递旁边的水塘，村庄在油菜花的映衬下，水塘便露出了江南水乡迷人的倒影。

夜过屯溪

　　离开徽州古城，夜宿黄山市，目的是晚上去看看屯溪老街。先前在很多诗文里读到过屯溪，郁达夫在《屯溪夜泊记》中赞道："新安江水碧悠悠，两岸人家散若舟。几夜屯溪桥下梦，断肠春色似扬州。"屯溪，因三江聚合，故谓之屯溪。横江、率水两江清流在浙江汇合，汇入新安江后流经屯溪，形成一种独特的地理风貌。史料说它始建于南宋，当时徽州一带外出经商的人多，这些商人发了财返回屯溪后纷纷依照南宋都城的模样和建筑风格，在家乡大兴土木、筑墙建屋。所以屯溪老街，与南宋移都临安有着密不可分的关系。因此，老街也被称作"宋城"。时值元末明初，一位名叫程雄宗的屯溪人在外经商发了大财，为了显示自己的实力，居然在老街上开设了几十间店铺，由此可见老街的规模有多大了。到了清代，屯溪茶商崛起，茶号林立，老街从屯溪的发祥地八家商铺不断延伸，一直延伸到"镇长四里"。现在店铺就达300多家。而更为可贵的是，这些店铺不仅经营的商品多、品种全，而且大多是"老字号"，有着很深的商业渊源。那一扇扇门楣上悬挂的诸如同和、鸿大、信茂、同益、裕盛昌、大吉祥之类的金字招牌，那一面面墙柜上标明的诚如谷丰源、富隆庄、成龙、怡凤、磐玉、颐寿堂、步云轩等的经营物品，无不透出很深的文化内涵，体现了主人们的气质和品位。尤其是那些古董、字画店和各具特色的"文房四宝"铺子，内里"雅名"所折射出来的精神气息和思想光芒，更是显示出屯溪深厚的历史底蕴，如：醉墨房、文雕苑、一品斋、艺林阁、荟萃轩、集雅间等。而一些"老字号"店铺，如"同德仁"中药铺，则在褐漆的门柜上标出"枯井流香"四字，意思是经营药物要仁德为先、济仁施德。其间所包含的经营理念和商业道德令人钦敬，无不闪耀着"东南邹鲁"的儒和"程朱阙里"的品质，打上了深深的"徽商"烙印。面对老街，不由得让我想起"无徽不成镇"这句古话。历史上，徽州商人素以精于生意而著称。徽商起于东晋，衰落于晚清，在中国商业舞台上活跃了1500多年。明清之际的300多年，是徽商的鼎盛时期。当时，人称"徽帮"的徽州巨商大贾，以无可抗衡的地位雄踞江南，全国大部分盐业市场为其垄断，长江中下游金融业亦受其控制。"徽帮"与同一时期的"晋商"并称为我国的两大商业巨头，旧时有"北晋商，南徽帮"之说。乾隆皇帝下江南，召见的八大巨商中，就有一半是徽商。而今在老街，还能看到旧时徽商繁荣时期的遗风遗韵，使我有一种重新走进沧桑历史回廊的感觉。

腰缠十万贯，骑鹤下扬州。江南既是风景秀丽的水乡，也是财富聚集之地，屯溪就是这样一座水乡的商业老街。

徜徉在屯溪老街，站立在古牌坊下，天空中的一轮夜月像一块明镜，令我顿生怀古之情。李白游屯溪时曾留有诗句："借问新安江，见底何如此？人行明镜中，鸟度屏风里。"苏舜钦游屯溪时曾题咏："新安道中物色佳，山昏云澹晚雨斜。眼看好景懒下马，心随流水先还家。"正如诗句中所赞美的，屯溪老街是一幅古风古韵的风俗画。

打卡徽州

徽州一砚墨，染了全中国！

徽州古城形成的文化影响远远胜过中国四大古城中的阆中、平遥和安居。徽州历史悠久，文风昌盛。秦始置县，古称新安，自隋唐以来，一直为州治、府治所在地，史称"徽州府"，是古徽州的政治、经济、文化中心，素有"东南邹鲁""文化之邦"的美誉，是中国三大地域文化之一——徽文化的主要发祥地和集中展示地，也是著名的"中国徽墨之都"和"中国歙砚之乡"，更是中国京剧的发源地，是明清两代曾辉煌近四百年的徽商故里。孕育了宋代活字印刷术发明家毕昇，农民起义领袖汪华、方腊，明代著名诗人、散文和杂剧作家汪道昆，明代文渊阁大学士许国，清朝体仁阁大学士曹振镛等文人名士；祝确（朱熹的外祖父）、江元、吴养春、鲍漱芳、江春、叶天赐、吴荣寿、程霖生、王致和等著名徽商；制墨大家曹素功；新安画派奠基人渐江、清代著名画家和书法家汪士慎、现代国画大师黄宾虹；近代经学大师吴承仕和经济学家王茂荫，人民教育家陶行知，革命音乐家张曙，文学评论家叶以群，领导人柯庆施等一大批历史名人。程朱理学、

表妹堆堆

新安画派、徽派建筑、徽派盆景、新安医学、新安文学及徽戏、徽墨、歙砚、徽菜等都闪耀着徽文化的灿烂光芒，在中国文化中独树一帜。如今的古徽州城内，古桥、古塔、古街、古港、古井、古坝、古楼、古坊交织着古朴的风采，大学士许国的四方石牌坊雄踞其中，成了徽州古城的地标之一。城外延伸的乡村，处处有小桥流水人家的韵味。明清时期的民居、祠堂、牌坊随处可见。秀丽山水与古朴建筑交融化合，步入歙县仿佛踏入清丽的山水画廊、古典建筑艺术的博物馆。

刚进徽州古城，弥漫着浓郁的现代商业氛围，问过当地居民才知道，徽州古城的老街在斗山街一带。我们寻向而往，过一条小巷，刚才路过的商业街没有了。完全像进入了徽派建筑的博物馆。远古的老墙，有的已经开裂，有的砖墙自然风化，形成了徽州砚台一般的凹坑，老墙在风雨中历尽沧桑，久年的雨水从墙顶顺下留下斑驳的痕迹，具有江南水乡小镇墙壁的流行样式，简约的水墨画一般，这又让我想起了徽州的笔墨纸砚。我虽然没有练成毛笔字，但用的砚台和笔墨都是徽州产的，这也是我对徽州慕往的缘由之一了。古城中有现场雕刻斗山砚的师傅，我们谈好价钱，师傅就刻上时间和名字。另外一些刻店，将原石堆在门外，形成一道风景，过往的人们，在这些石堆旁驻足观赏。我知道，不是所有游客都喜欢书法，只是对徽州文化有一种敬仰。师傅告诉我们，买徽州砚，在城北有专业市场，是全国的集散中心。

宏村：宋赐江南第一家

　　宏村应该是黄山附近最有名的徽派建筑村落。但凡去了黄山，再有空闲时间，就一定要去宏村看看。

　　历史上的宏村，最先是汪姓祖先在外做官、营商，积累了大量的财富，为光宗耀祖，纷纷回家乡购田置屋，修桥铺路，形成了 1401 年到 1620 年和 1796 年到 1911 年宏村建设的两次高潮。1403 年到 1424 年，汪姓家族的汪思齐、汪升平父子，请风水先生何可达"遍阅山川，详审脉络"，引西溪水入村，开凿百丈水圳，扩建了约 1000 平方米的月沼。此后 199 年，宏村人口繁衍，建筑密集。1607 年汪氏大小族 16 人集资，购秋田数百亩，凿深、掘通村南大小洞、泉、窟、滩田成环状池塘，形成南湖。至此形成全村完整的水利系统。

　　1425 年到 1596 年的 170 余年间，宏村以"东土道制（龙排庙）、南土水制（红杨、白果）、北土土制（雷阜榛子林）和西土佛制（观音亭）为水口布局（风水屏障）。营建了乐叙堂、太子庙、正义堂等祠堂、庙宇，宏村逐渐形成了以血统、地缘关系聚合的汪氏同宗同姓的民居集落。"1662 年—1911 年，宏村南湖书院，树人堂、乐贤堂、承志堂大型书院、宅第相继修建。今天的宏村，又因为较好的徽派建筑保护，成了人们游览的胜地。

宏村北倚雷岗山，东、西有东山、石鼓山，山体植被茂盛，村南地势开阔，建有大面积的池塘——南湖。村落分布基本上保持坐北朝南，村址处于山水环抱的中央，形成枕高山面流水的"枕山、环水、面屏"的理想风水环境。平面采用"牛"形布局，牛肠——水圳引西溪河水入口，经九曲十八弯流经全村，最后注入南湖，充分发挥了其服务生产、生活，排水、消防和改善生态环境等功能。居民足不出户，就可以饮用、洗涤、浇园，及至凿池养鱼、植花种草以休养生息。

宏村有着类似方格网的街巷系统，用花岗石铺地，穿过家家户户的人工水系形成独特的水街巷空间。在村落中心以半月形水塘"牛心"——月沼为中心，周边围以住宅和祠堂，内聚性很强。最能体现宏村景观和艺术价值的月沼和南湖水面，映衬着古朴的建筑，在青山环抱中依然保持着勃勃生机，更显宏村独特的人居环境价值和景观价值。水、建筑、环境是构成宏村明、清建筑群的三大要素。宏村由水圳、月沼、南湖、水巷和民居"水园"组成的水系网络，构成水景的整体空间特色，水的艺术特性在宏村明、清民居建筑群中得到淋漓尽致的发挥。

宏村明、清民居建筑群保存基本完好，有书院建筑、祠堂建筑和众多的住宅建筑及私家园林，是徽州建筑文化的杰出代表。特别是以南湖书院为代表的书院建筑，以承志堂为代表的住宅建筑，以德义堂、碧园为代表的私家园林，反映了 14—18 世纪徽州儒家文化的昌盛。宏村明、清民居建筑群有着朴素、典雅的气质，充分利用地方材料木、石、砖等进行各种题材的雕刻，以及室内装饰、庭院陈设和绿化布局，体现了深刻的徽州文化内涵，具有很高的历史、艺术、科学价值。

　　明末，宏村人在南湖北畔建六所私塾，又称"依湖六院"，以供授业解惑之用。清嘉庆十九年（1814 年），将依湖六院合并重建，取名以文家塾，亦名南湖书院。南湖书院坐落在南湖北岸，是所具有传统徽派建筑风格的古书院。书院由志道堂、文昌阁、启蒙阁、会文阁、望湖楼、祗园六部分组成。书院前临一湖碧水，后依连栋楼舍，粉墙黛瓦，碧水蓝天，交相辉映。乐叙堂位于月沼北畔正中，为汪氏宗祠，建于 15 世纪初。汪家作为宏村的最先开拓者和建设者，从风水的角度看，门前有月沼小湖，再向前便是南湖，案山近处是一条碧绿的清江，背靠群山，处于村落的中心位置，前进门楼基本保持原貌，梁架具有典型的明代风格，月梁、叉手、雀替、平盘斗等建筑构件雕刻精美，具有很高的艺术水准。乐叙堂与月沼组成宏村八景之一 —— 月沼风荷。汪氏家族为宏村巨族，历朝历代都有大官和大商人，宗祠大门有联："唐封越国三千户；宋赐江南第一家。"这口气之大，非丞相之家不敢用。宏村还有另外几家豪门望族，如承志堂、德义堂等。

草 海

　　乌江，真正是我的母亲河。我在江边出生，在江边长大。舅舅在江面放竹筏的身影；我和父亲在鹿角沱等待班船的石码头；还有在老龚滩迎送一批又一批背柴到古镇上的山民，记忆的背景都是这条深绿的乌江。

　　峡谷连着峡谷，群山靠着群山，我追问着乌江的源头。后来，我知道这一千多公里的乌江是从草海开始的。于是，我一直想去草海看看，看看乌江这条颇有个性的母亲河的源头。看她怎样喂养沿途的村庄，看她怎样造就两岸山民淳朴而粗犷的个性。

　　乌蒙山的草海静谧而苍茫。我们到草海是在一个晴朗的下午。

　　由于正是大年三十，游客稀少。小吴劝我们坐他家的小船出草海观鸟看日落。我上船便问，乌江真正的源头泉眼在哪里？他往遥远的山峦一指，在那山岭上，离这里有三十多公里。这样看来，今天是无法探望到那神奇的泉眼了。

　　湖面上各种鸟类有意无意地混飞着，堆积着，有的在湖面戏水，有的在岸边散步，有的在小岛上的菜地里懒散地啄

草 海　●

食菜叶。不时，老农还摘下菜叶抛给鸟们。夕阳下，小吴的脸被阳光照得金黄，完全是云贵高原土地的黄色。大量的鸟则在空中上下翻飞，惹得夕阳都照不过来。

　　草海的水是湛蓝的，边缘上的草头则是金黄的。纵横交错，成为美丽的图画。不知是人为的造构，还是自然的神功。鸟们喜欢这样的乐土，它们很多是候鸟，冬天，它们从北方归来，在这里小驻。小吴说，过段时间，它们就要走了。我们的船刚刚到一沟浅水洼处，几百只黑颈鹤在那里，像在开年会一般，有的交头接耳，有的耸羽似听，有的头入水丛，很是逍遥。

　　小吴将桨杆一拍水面，鹤们振臂翻飞，趾垂天际夕阳，翅掠近水白云，像是欢乐的演奏，空中荡漾着清脆的鸿声，向远山飘去，也向我心中飘来。这时，我急于想告诉你的是，这满湖鸟影和这滩蓝色之水是一起流向远方的，在山那边它叫乌江。于是乌江两岸的村落才有了四季的田畴，和岸边木船上栖息的鸟影。

　　草海有际无边，短暂的光阴，无法尽阅。以日落为序，我们返航。夕阳送给我远山的影子，鸟们都彼此传出归巢的温柔声。我们也在小吴的带领下，返回岸上的村庄，匆匆和草海告别。

毛 坝

　　山不在高，凉快就行。毛坝的六月，清风送来凉爽。河不在大，好看就行。毛坝的周乡长谦虚，说毛坝那条河只有半截。我不解其意，傻兮兮地追问，周乡长还有半截呢？她答非所问——有时间，自己找去！原来，在毛坝的高山密林中，有十几个泉眼，形成若干的溪流，在森林间、草地上婉转流淌。最后一合计，共同汇成一条小河来，人们一兴奋，像爱护宝宝一般，在河流不远处就筑了大坝，弄成了绿茵茵的一个山间小湖。如果摆在九寨沟，多半要叫什么海子，可毛坝人实在，就叫半截河。今天，一说你就明白，半截都没得了，如果用青草间那些小溪顶上来，也还是勉强可以算的，就算一条河吧，因为它有响声、有倒影，还有蓝蓝的颜色。那水从泉眼涌出的瞬间就蓝了，很是好看的。关键是此处很养眼，周围的森林是若干的小山，将蓝天稳稳地托起，好像就没有力量招呼那些流动的白云，任它们在溪流中、在湖泊里倒映着、抚摸般流动着，即使在这无人的山中，也让我的心无法平静。要说自然之美，毛坝除了森林、草场和溪流，当数它早晚布置的云海。

　　我是有无数早晨，早早离开婆娘的被窝，去了毛坝那些山巅、那些坳口，等待日出，拍摄云海。集贤居过去的山岭上，黎明之时，向东眺望，只一派河山，在云海之中峥嵘万象，或奇峰点点，或岭迹逶迤，流云在旭日下，变化万千，速成五彩，在这种景致中，不振臂惊呼是不行的，连矜持的女孩都必须"哇！哇"地叫几声。可至今美女乡长没有给我说，她在这般美景面前是否激动过。想必待在美景盛多的毛坝乡工作，该是幸福的。

　　老家有民歌：凉风绕绕塞，天要晴啰喂……毛坝也如此，毕竟高山六月中，风光不与山下同。林间散步，岭上奔越，皆有丝丝凉风作随，团团白云伴舞。难怪集贤居一落成，便成了远方那些胖墩胖墩的肥头避暑的绝佳去处。一时间，来集贤居避暑，不先联系打招呼，急匆匆地来，是没有房子住的。由此，最先以高山移民下来居住在集贤居的村民，真正实现了搬得出、稳得住，逐步都已致了富。我今天去补拍产业现场的照片，担心未做事前安排，怕现场没有人劳作，到了地头后才晓得，这种担心完全是多余的。现场几十个农民正在翻土牵薄膜，场面一派壮观。这是种的辣椒，成熟了，集贤居避暑的客人，吃的吃，买的买，销路一点都不愁。这时我才想起，走进毛坝的路上，有好多地方都在做高山特色农业，几千亩火龙果，几千亩葡萄园。我越来越觉得一岭高山的毛坝新景向荣，早年来毛坝的第一印象是原始，过了天苍这个地方，便悲凉地想起"天苍苍，野茫茫，风吹草低见牛羊"

的味道。这种景象在北方是壮美，在毛坝却是贫穷而苍凉。我不止一次带领各家媒体去毛坝盖上做贫穷专题的采访，我还和《重庆日报》的熊庆元老师共同对口帮助过一个刘姓女生。当年我跟着王元楷书记去为毛坝两所学校赠送过一点钱物，村小的女老师一见大队人马到来，手脚有些茫然，她几十年在这天苍的大山教育孩子，是第一次见到县委书记，感动得说不出话来，感动得流下了眼泪……而今，毛坝完全变样了，宽敞的公路穿山而过，当年低矮的木屋不见了，换成清一色的新村民居。

扯到哪儿呢？本说毛坝的风光，扯到建设发展和工作上来了。不过，我还真要补充一句，一个地方美好的风景看似天生，实则与本土人们辛勤不停地劳作甚有关联。勤政者自爱他们耕耘的土地，经过他们不停地工作，他们的土地必将成为最美的风景，毛坝就是如此。今天，陈永红书记正认真地核对他的贫困户资料，周静芳乡长到双龙村走访去了。本想去还了周乡长的衣服，还是上次采访时，她看我光膀子冷得发抖，亲自脱了自己的外衣披到了我的身上。各位看官别误会，她那衣服是男女通用的迷彩服，下村穿，能避风避雨，很巴适，毛坝乡的干部好像个个都有这衣服，看来今天是还不了了！

红阳有片茶

　　早听说红阳有几山几岭的茶山，云染山峦，雾锁低谷，着实想去看看。

　　我和赵伦德老师到了金竹山，寻道问迹，沿旁人方向所指一路盘旋。到了茶厂，茶山的主人田旭带我们走上了他的茶山。田旭半头白发，看似沧桑，他却告诉我们，他今年才三十三，青春多半都付给这几许山峦。

　　我对茶的理解是绝对的门外汉。我一个农民出身的人，只知道茶山的管理是要松土施肥剪枝的，我也看过老家几十年前的那片茶山，还记得有很多人炒茶，我们放学了也去采摘茶叶，挣点钱用。可后来茶山就垮了，没有管理的茶树渐渐被野草包围，根老枝枯，每次回去看见这曾经繁忙的山岭如此荒凉，总有伤感，又无处诉说。去年，父亲还在那片老茶林里采了茶叶，给我炒好留着，他以为我有文化，便认为茶叶对我有用。其实我一直就把喝茶当解渴。

　　田旭说，红阳茶山也是当年的老茶山。我看一梯一梯的茶树随山势逶迤开去，又随岭迹盘旋回来，颇有韵律。只是没有了传说中的云蒸雾绕。稀稀落落的采茶人，挎着竹篮，装点着山顶及山腰。

　　我原本是想拍几张茶山的风光就走的，可田旭总是那么多话，讲他的农家乐，讲他的茶山扩展计划，还拿出手机来展示着他一年四季拍的美图，并认真嘱咐我们多照一些照片。

　　我们上了山顶，放眼望去，心旷神怡，山脚一边是彭水的朗溪，与贵州的后坪错综交界。山腰上的一位红衣的采茶姑娘，非常适合作为茶山风光拍摄的装饰点。她微笑着应了我们的请求，加微信时她笑着说叫糊里糊涂。我立刻想到郑板桥的作品。其实能生活在这样的山上，神仙一般，应该是非常幸福和快乐的，有一种幸福叫糊里糊涂。我有挚爱在朗溪方向，此刻我很想喊喊她的名字，看看她在不在山那边。

　　田旭看了我的《十品桃源》，拐弯抹角地要我给他的茶山写点文字。他的茶山没有现成的文字资料，就把可能是领导来视察的大幅喷绘广告在茶厂的坝子展开，说数据全在上面。要知道，我的《十品桃源》是自认为"高大上"的文言律诗，读者是不多的，这个"鸟体"为荣的时代，谁还读那东西？所以，就这样乱扯几句，与文学无关的文字，亦如我与茶道无关的拍摄。

蚕

　　那天，我看见主人将青阔的桑叶一抱抱扔向灰白色的蚕宝宝，蚕们就在青色的叶子上开始舞蹈。

　　蚕们本来已经肥胖的身躯，应该是行动不便的，可瞬间，它们就从懒洋洋的睡态中醒来，一拥而上，有的爬到了叶子的沿边上，用自己肚皮上那一排透明的短足将叶边死死抱紧，脑壳就正对叶沿使劲地啃食起来；有的三五成堆，向叶子与叶子的空隙间移动，然后，各自得一个巧妙的位置，互相交叠着身肢，你弯一点，我直一点，互相配合着，叶子就在它们面前变成了各种残形；有的蚕啊，一不小心，爬到叶柄上独舞，偶然将前半身一伸张，做出一个美丽的造型，像杨丽萍倚天的舞姿；有的呢，吃着叶子，高兴时，干脆在叶背间打起滚来，先把自己蜷成半圆，像我在床上睡懒觉翻身一样，自由地，肆意地幸福着。蚕主人是一对中年夫妇，他们在自己的蚕场上，像两个音乐指挥家，凭心情激动的程度，给蚕们添食。一片青青的叶子，女主人用手指夹住叶柄，就将这张叶子从蚕们的身上轻轻拖过，本来安静的蚕们就统一行动起来，等笨笨的身躯抬起肥肥的头，主人的叶子已不见踪影，

主人咯咯地笑，蚕们懒得和主人计较，便倒下去，你睡你的，我睡我的。就这样，蚕床上，随着主人的走动，蚕们就统一地动着，歌剧般，抒情着。男主人则是大抱大抱地将叶子扔上高高的蚕床，叶子一散开，瀑布般流去，蚕们蜂拥般前来。岁月就在他们这些表演中，一来一去的动作里辗转着春夏。

我站在一角，听见天雨般沙沙的声响，那是蚕们统一吃午餐的声音。张华英在另外一个蚕房里，探头示意我："快来呀！你来听，多好听的声音。"我指着面前的场景说，一样的。是的，这种美妙的声音我是第一次听到，这不就是蚕食吗？后来这种场景被用来描述一种被迅速破坏的场面，我此时认为是不妥的。周围林间的知了在阳光阴处，使劲地叫着，此起彼伏。我知道，它们是在唱颂夏天，唱颂蚕房里发生的一切，还有其他鸟儿的声音混合进来，这个夏天就更像夏天。

主人告诉我们，他的蚕七八天过后就要吐丝了。我见过那场面的，蚕们为了自己命运的蜕变，它们会自己吐丝做个精美的小房屋，然后化蝶飞天，成就生命的另一种境界。待它们扇动金色的翅膀，在天际成群飞翔，那该是怎样一种盛况。我在蚕房里，就看见了它们身上那双眼睛。可谁知，在这个世界里，另一种命运已经为它们做了铁的安排，那就是当它们做茧关闭时，主人就要将它们卖了，它们就会在一个大铁锅里被活活煮死，后来呢？你懂的。

小岗坪纪事

维祎说，小岗坪的老供销社还在，要拍乡场，那房子是不错的背景。按他说的线路，我早上八点半就到小岗坪场上，摆摊的商贩也陆陆续续到了，只是今天下着雨，赶场的人比往常少些。

小岗场不大，返回百把米，确实还有当年老供销社的房子，只是不见当年卖各色布匹，卖煤油的桶子，以及一排排玻璃罐摆在柜台上装满水果糖的形象了。现在各个门面经营着各种东西，但旧的货架和柜台都在。

我在场上溜达着，偶遇了小岗村当年的老支部书记秦信尧。我们彼此介绍之后，他便打开了话匣子，他说小岗坪未撤乡之前热闹得很，附近十个村都是赶这个乡场，一到腊月，场场挤得水泄不通。哪像现在这个样子，得几个人花花晃去晃来的。小岗坪是1976年开始赶场的。撤乡后，7个村归了丁市，3个村划入小河。

他一口气从小岗的地理特点讲到风俗人情，什么四大山（彭家山、五指山、胡家山、山家山），七大坝（梅子坝、庙坝、梿子树坝、秦家坝、火石坝、龙洞坝、岩桑坝）。我说阳戏最先是在陶坡哟，他说《酉阳报》都登了，酉阳阳戏在小岗！

秦信华是位八十岁的老人，老两口带了几斤芝麻来卖，收入了三十多块钱。他们就住在乡场背后，几十年来，老人家和和乐乐，种点小菜，每到赶场天，换点零钱，看他们的表情，生活是很幸福的。七十岁的秦润荣老人卖了第一背白菜后说，她还要切（去）砍几兜来。于是我跟她来到场后山坡的菜地，一棵白菜长得有气无力的样子，经霜雪之后，外叶残皱，内心包得嫩白，一看就是这些日子一家人围在火炉边烫起吃的好东西。老人见我这般表情，硬要砍两个来送我，我半推半就将白菜抱到了车上。我返回到乡场上，简艳那"车载超市"就开张了，三三两两的老人边挑选着她面前红红的橘子，边讨价还价。而另一个卖药酒的女孩，好像没有生意，她一边用小话筒激情宣传，什么口干舌燥腰杆病，我这汶川过来的药酒好，包管有用……一个老人捌边捌边地想去问什么，然后又勾着腰退了回来。女孩见状，急忙过来拉着老人的手来：老人家，边边说……

十一点多，算是齐场了。在众多的赶场人中，一个女孩向草烟摊子走过来，手中拿着刚买的橘子，见我正用照相机对着她，微笑着递了一个橘子要我吃。我猜她是学校的老师，她说是，家在宜宾，要放学了，爷爷叫我给他带几斤草烟回去。她问我晓得烟的好孬不，我说这可是个难题，我不抽烟啊！我们一家人都不抽烟。她笑了笑，就问卖烟的老板去了……

芒康盐田

我们到芒康盐田的那天下午，洛拉松姆背着几块松木板向盐田中间走去，几个男人正在砌一处新的盐田。其实先前不是这样的，澜沧江两岸三千多块盐田差不多都是靠木柱支撑，密密麻麻的盐泉附近，是千百年来生活在这里的人们用肩、用手、用歌谣将一根根木头向陡峭的山坡延伸，堆积成了这如诗如画的盐田。

澜沧江从遥远的雪山之中奔流而来，在盐田之中流过，又从山谷中去了远方。这条大河每年都有洪水暴涨，靠近江边的盐田总有一部分被洪水冲走，枯水季节，人们又开始重建。就这样，1300多年来，加达村的人们就这样总是和洪水僵持着，没有任何人记得清楚：澜沧江两岸一共建过多少盐田，被洪水冲走了多少盐田。因为有了澜沧江两岸这些千年流淌的盐泉，于是这里成了茶马古道的必经之地。洛拉松姆的祖辈要么制盐，要么加入了茶马古道上长长的马帮队伍。史料记载，早在西藏吐蕃王朝以前，西藏的部落各占一方的时候，澜沧江边的加达就有了盐田。传说在朵康六岗当中，芒康岗产的食盐就很出名。传说中的格萨尔王和纳西王羌巴争夺盐

井而发生的战争，叫"羌岭之战"。最后格萨尔王战胜了羌巴，占领了盐井，活捉了纳西王的儿子友拉，到西藏吐蕃王朝后期，纳西王子友拉成了格萨尔王的纳西大臣。

滇藏公路没有修通之前，茶马古道是从盐田地区外出的唯一通道。从芒康盐田上茶马古道，要经过加达附近澜沧江上的一座铁链木桥。从这里开始，芒康的盐粒就从马背上运到茶马古道沿途各地。澜沧江两岸山岭上的冰川积雪千百年来没有消融过，只是翻越雪山的茶马古道被修成今天的滇藏公路。先前在雪山中长长的马帮队伍已随时空远去。洛拉松姆家的板墙上挂了一排马鞍、绳索和铃铛，这是她的先辈赶茶马古道时用过的。我挨近这些物件，仿佛能听见茶马古道上的一声声马的嘶鸣和赶马汉子雄浑的哀叹！

茶马古道开通至今，集聚着很多来自德钦、芒康、昌都、巴塘等地的马帮群，交易各种物资，主要有芒康的盐，藏地的羊毛、羊皮、绒毛、青稞、哈达等东西和汉族人带来的茶叶、瓷碗、布匹、红糖、白砂糖、粉丝、大米等商品。漫长的茶马古道，要经过多条横断山的大河和险象环生的泥石流陡坡。洛拉松姆告诉我，她的祖辈就有几匹马在茶马古道上，被泥石流一下子推下了山崖，这只是天灾，运货的途中还会经常遇到匪徒打劫物资的情况。因此在茶马古道的路上最好的防备措施便是几百匹马同行，马帮群一起上路。

洛拉松姆家有27块盐田，一家祖祖辈辈守着盐田过日子。我采访她时，她的母亲坐在旁边微笑着。洛拉松姆今年刚从山东大学毕业，考上阿里地区国税局的公务员，还没有正式上岗。她在这段空时间回来老家，回到盐田，帮助村里其他人家建盐田。滇藏公路修通后，用车辆运货代替了悲壮的茶马古道上的马帮。从外地到西藏旅游的人络绎不绝。芒康盐田成了游客的必经之地。洛拉松姆家的马也轻松了下来，她在自家的门前摆了卖盐的摊子，游客多的时候，她就没有时间去河边照看自己的马匹，任它们悠闲地吃着河边的青草。我看见有外地车辆来加达整车地把盐粒拉走。师傅说，现在人们很少吃这种盐了，主要拿去洒在草原上，让牦牛吃掉。

　　盐田底下堆放着各家各户尚未搬走的盐袋，有些湿漉漉的样子。棚顶上浸透的盐水，由于年月的沧桑，便自然生成像冰凌般的盐钟乳，有的才开始形成，有的已经垂落到地上，形成白色的斑块，这就是盐。这些盐田，像一个民族盛大的宗教仪式，千百年来展演着一个民族奋进的历史。现在有电了，洛拉松姆家在自家的盐田和盐井之间连接了管子，并将电线拉到盐田中间，用小型抽水泵轻松将卤水抽到了盐田。新砌的盐田也不用木头了，他们用石头砌墙，既安全又不会垮塌。盐泉的泉水湛蓝清幽，和咆哮的澜沧江浑浊的江水形成了鲜明的对比。洛拉松姆告诉我，这些支撑盐田的木头，是村庄的男人们从澜沧江的上游弄来的，长树木的大山叫达美拥。三月是芒康盐田产盐最繁忙的日子。我们到芒康的时候，是古历的五月底，已经错过晒盐的时节。每年三月，澜沧江两岸桃花盛开，晒的盐有粉红色的，也有白色的，人们习惯上称芒康的盐为桃花盐，这也许是颜色的缘故，也许是季节的缘故！

第二天早晨，洛拉松姆要陪父亲到梅里雪山转山，她没有时间陪我去盐田，她只给我讲了一些关于盐田的故事，茶马古道的传说，还有她们民族婚丧嫁娶的一些风俗。我先前也去藏地多次，在不同的山坳上拍摄过山风吹拂的经幡。白的、红的、蓝的经幡，从某处延伸开来，在雪地上，在蓝天白云下不停地卷舞！我看不懂藏族经文写的内容，但依稀听得见山风对一个民族宗教的诵读。洛拉松姆的母亲每天都要按时诵读经文，以前他们是步行去他们心中的圣地朝拜，他们家现在有了汽车，就可以自驾去他们想去的地方朝拜了。我在村子中漫步，山路上或是古树下，总会遇见一个两个，或是三五成群的藏民，一手持经筒转动，一手不停地盘数佛珠，念念有词地诵读。见了我，他们微笑着向我点头，算是打过招呼。微风吹过他们身上仿佛散发着盐粒的味道！

泥巴的舞蹈

如果牛溪是个舞台，牛溪的泥巴正在这舞台上演绎着疯狂的舞蹈。

得知李晓英老师将带学员去辰溪县牛溪村拍摄土法制陶的弱光练习，我便寻着李老师的课程表，先去了牛溪村，去见识了山间飞速旋转的泥坯，那炽热的土窑，那漫山遍野的窑罐和那赤裸着臂膀扛着陶罐的村民。

进牛溪村的公路不好，又窄又坑洼，前车辗腾的尘土飞扬着，几乎完全挡住了我的视线。几经慢行，到了制陶的村庄。小村之间，除了一条弯曲连接的公路，在蓝天底下，土窑从小山顶蔓延下来，到公路边才露出了清晰的窑形，两旁的工人赤裸了上身，不断向窑灶孔里添加柴火。透过泥墙的缝隙，看得见红红的火焰，吞噬不了的火苗时而溢出灶孔，闪烁着美丽的光。工人的手脸在火光的映照下，润湿而金黄。除了土窑，大树下，土台边，满是成形或未成形的各式陶瓷制品，在阳光下闪闪发光。一排排，一堆堆像节日的舞台造型，像盛大的史诗朗诵。它们有的排列有序，罐子重叠着罐子，四五层，沿路摆放，一直到小山半腰，一直延伸到村庄的另

一头，甚至挤占到公路边上，快要让车辆无法通行。

我们无法全程记录，一个陶品怎样从金色的泥土，蜕变成华丽的造型。但我们分明感受到一种精神，一种积极散发的正气。牛溪村几百号人，一千多年来，他们给泥土添加智慧，注入生命，让它们在烈火中炼烧，在岁月里成熟。然后沿辰水上行下运，去了遥远的山外，和远方的村庄同呼吸共命运。一旦沧海变桑田，能够记录远古文明的就只有地底下永不消失的陶片，王公贵族的墓室中沉淀千年的瓷盘。牛溪人就是土窑制陶的创始者，他们一直让土窑的火焰熊熊燃烧，他们一直让坯盘的软泥飞速旋转。泥土在他们手里完全成了充满灵性的艺术原料，时而旋转成盘，时而飞拉成具。他们一俯腰身，泥土便有一次情感的升华；他们一扬头颅，泥土便有一次紧张的痉挛。

牛溪的陶泥，有男人原始的阳刚，有天地间先生的乾性。你看他们，耸立山头，则迎风送雨，炼制成陶，则万年不失，不因主人贫富而辞装，他们记住了火的寄语，他们是经过燃烧的灵魂。他们身上没有被刻上文字，却记录着劳动者的汗水。这样一来，却是找不到低迷自碎的理由。

我看着一辆辆满装陶瓷的车辆从村庄扬尘远去，看着窑孔千年不息的火焰，我知道：天下不缺陶！

瓷都景德镇

瓷片是人类的另一种文字！

瓷片也是人类之所以成为人类的标志。我们的上古祖先从发现火的那天，便在开始寻找搁置食物和水的容器。世界各地对人类先前的居住考古皆以瓷为可信之物。所以人们对瓷的敬畏就成了一种文化符号。景德镇素有"瓷都"之称，是一座纯粹以瓷著称的城市。这是她的荣光，也是她的生命。她既是全世界向往的陶瓷之都，更是从皇帝到普通百姓皆有直接依靠的地方。全国四大制陶古镇，景德镇遥居首位，连景德镇这个名字都是宋代皇帝所赐。所以，景德镇就像一个文化厚重的陶瓷艺术品，深深地吸引着人们的内心。

这次路过景德镇，我一睹了这座用泥土捏造的城市。的确，景德镇瓷器造型优美、品种繁多、装饰丰富、风格独特，以"白如玉，明如镜，薄如纸，声如磬"著称。其青花瓷、玲珑瓷、粉彩瓷、色釉瓷，合称景德镇四大传统名瓷。

历史上的景德镇瓷器，不但闻名于国内，而且在海外亦广为流传。据有关史书记载，古代东南亚、阿拉伯、非洲及欧洲等地的人十分喜欢中国瓷器，特别是景德镇的瓷器。明

永乐三年（1405 年）开始，郑和七次下西洋，携带了大量瓷器，景德镇瓷器占有重要地位。陈志岁《景德镇》诗："莫笑挖山双手粗，工成土器动王都。历朝海外有人到，高岭崎岖为坦途。"诗朴实地记载了"瓷都"的历史形迹，且写出了景德镇瓷器在国际市场上的地位。

后来，日本著名陶瓷考古学家三上次男率学者在东南亚、非洲找到了中国古代陶瓷输出亚非各国的大量碎片，著有《陶瓷之路》一书，称海上丝绸之路为陶瓷之路，也是古代景德镇陶瓷的国际贸易之路。

我们刚住下来，就迫不及待地向服务员打听，哪里是瓷器市场？服务员告诉我们，就在人民路。我们打车直往，走进人民路销售瓷器的大街。那门市中，各种瓷器在灯光的映衬下，显得格外夺目。我们小心翼翼地欣赏着，决定明天必须来选购，否则，怎么叫到了景德镇？

景德镇专门有制陶瓷的古镇，也有陶瓷博物馆，也有陶瓷批发市场。由于时间匆忙，我们只到陶瓷博物馆去看了一下。那个地方，集中展示了景德镇制陶的历史文化，当然也有大批制陶传人现场展演各种制陶环节。景德镇是官窑生产的指定地点，历朝历代太平的时候，都有朝廷派到景德镇督导制陶的职业官员。到今天，景德镇更是有以研究陶瓷文化为核心的景德镇大学和职业学院。国家还拍摄了三十集电视连续剧，重现景德镇的陶瓷文化。景德镇因为陶瓷，从她被世人知道开始，就没有衰败过。我想，只要人类健在，景德镇就健在，这是真的。

宜居茶

到了清明边上，是宜居人最忙碌的时候，也是漫山遍野的茶叶最忙碌的时候。茶们要赶在这几天把自己最嫩绿的芽儿抽出来，各自迎着太阳、对着云雾赶趟。于是所有的茶埂随着春风的抚摸，毛茸茸地长满亮晶晶的新芽。早上六七点钟，茶梯间的山路上有几个，或者几十个穿红戴绿的女人挎着磨得发光的竹篮，一路行走，一路说笑，去采各家的新茶。她们也在清明之前，把茶枝上的新芽收拾干净，好在清明前做成新茶卖个好价钱。宜居的茶山把若干山丘连成断断续续的一片，从空中看去，茶梯像一匹匹织锦，线条极为分明，丘山如歌。在日光下，采茶的人星星点点，隐隐地在茶梯之中蠕动，一排排地、三五个地，或一人独在，无规则地摆着，是如此和谐。李桂林是这群女子中普通的一员，头戴草帽，斜挂的竹篮里已有半许茶芽，手指掐着茶芽，在茶笼上抒情地移动，脸上有毛毛小汗，她是茶山的主人之一，她的前前后后连接着十多个采茶人，她们统一挎了篮子，双手忙碌，像在统一敲击乐键，这般随山林里的鸟鸣，伴了斜射的日光，这韵律分明的山丘就成了一团团歌谣。李桂林让我们给她拍

张照片，用来做她家茶叶包装的封面，我们让她简单换好衣服，转瞬间像换了个人儿，粉色的外衣，淡色的唇，往茶梯中一站，有些醉人的，鸟们都像停止歌唱似的。

宜居的夜晚更加繁忙，白天看去，山丘低处，村庄环绕着，也连接着，中间有树林，隐约有车辆穿梭；夜晚到来，茶山就成了黑色的一片，只在天际相接的地方有一条音阶般变幻起伏的曲线。村庄里，家家户户灯光透亮，他们要将白天采摘的茶叶加工完毕。我们随机在冉景发家停留了脚步。

茶农冉景发发现我们来访，一边炒茶，一边给我们"上起课"来，我们也像小学生一样，拿了相机，一边拍摄，一边反复探问制作茶叶的详细过程。他显然是个"老教授"，接受过很多媒体的采访，还随手拿了一本书出来，他说宜居茶的制作早已编成了教材，这里面都是他的讲解。他家有三十多亩茶山，经营宜居茶已经四十年，他经历了整个宜居茶从小打小闹到今天产业化生产的全过程。我们见到的家庭作坊只是散户们自留的零星茶地，在宜居，几万亩茶山已由几大公司或者合作社产业化经营。四十多年前，宜居各家种的茶叶要自己背到附近各个乡场上售卖，三四块钱一斤，经过几十年来的经营和艰苦创业，宜居人已将茶叶的文章做大，市场做到了全国各地。现在的清明前茶已卖到四千块钱一斤。而且几乎在制出来这几天就销售一空。这时我才知道，那位叫"王保长"的美女为什么这几天在宜居建田茶叶合作社蹲点收新茶，亲自炒茶叶了。原来她在县城自家屋里开了高档饮茶屋，她甚至比宜居人更能讲解茶道，宜居茶只是她经营的一个品种，但是她和宜居的茶农、公司负责人都成买卖中的老朋友了。

我们连夜采访了几家私人作坊和建田茶叶合作社。中间明显的区别是冉景发等茶农坚持纯手工制作，从摊凉到杀青，再到烘捏烤干，一芽芽叶尖就在他们手上成就了形、色完美的茶。我泡一杯端在手上，细细看着柔黄的叶尖在水中沉浮，充满了另一种生命的活力，我想起一个词来，佛教中的修为也许就如茶叶涅槃一般，从阳光普照到烈火烘焙，再到在热水中游动。

公路上有许多小车往返，他们都是像"王保长"一样为买茶而来的，只有我们是为拍摄茶叶的前世今生，想一睹她生命的旅程，登上了这起伏的茶山。寻访老茶树是我们必需的行程。宜居种茶历史悠久，山丘上的老茶树是最有力的见证，它们在风雨中伫立千年，而依然春风满面，枝条上也和后生一样长着新芽。我们无以为敬，让姑娘们在老树底下献上几曲古筝，我也持茶静饮，我慕于茶树的修为，敬于茶叶的品性。

一根不断的蚕丝

在我的记忆里，男耕女织是农耕时代社会的基本分工，织绸纺布似乎是女人的专利。但在酉阳县浪坪乡评议村六组的胡世良家，这一习惯却与传统恰好相反，七十多岁的男主人胡世良一生专事土法纺织丝绸，成了当地的传奇人物。

走进胡世良老人生活的木屋老院落，屋里屋外摆放着土法纺织的原始工具，屋里挂满了金色的蚕丝。院落里有大量的原石围墙，竹林把围墙遮去，把院子围在中间，几百年来，胡家纺织绸缎的声音就在这竹林密封的院子里轻轻回荡。

胡世良祖辈以来就从事着土法纺织。曾经有规模庞大的染坊，织绢作坊，还开办了私塾。从高曾祖胡洪永到胡世良这一代已有五代人从事土法织绢。到了胡世良爷爷这一代，由于染上赌博恶习，家道衰落，曾经富甲一方的胡氏家族就只留下那高高的原石围墙。但土法织绢的手艺没有断代失传，才有了胡世良今生的织绢人生。

浪坪当地的气候适合桑叶生长，村民一直以来都有养蚕的习惯，因此胡世良家才有了源源不断的蚕茧原料来源。我们采访胡世良老人时，原想他把整个织绢过程演示一次。他告诉我们，将蚕茧织成绢布的过程纷繁复杂，不是用几个简单动作就能表演的。

　　胡世良织的绸缎远近闻名，销路畅通。他每年要织 40 多匹绸缎，维持一家人的生计。县文化部门正将胡世良的土法织绢工艺作为非遗项目申报。为了不让这项工艺失传，胡世良正打算将在外打工的孙子召回，跟他学土法织绢的手艺。

乌桕树

　　每当看到秋日的山野里红透的乌桕，我的心便痒痒的，想给她写一首诗歌，给她一番赞美。

　　今年深秋的一个早晨，我从山羊的半坡拍摄红叶归来，中途被板溪坝上晨曦照耀的乌桕树牵绊住了脚步。太阳光从东边的山岭上斜射过来，在充满雾气的树丫间透着漂亮的光影。本来红透了叶子的乌桕树在这样的晨光中就不敢过分地骄傲，稍稍降了点红色的程度，略为青蓝。但那早先落在草地上、泥土间的红叶子就不同了，湿漉漉的红色叶片在晨曦的柔光中，几乎露了全部的秘密，连叶片上的脉络和黑色的小斑都被我看得清清楚楚。

　　不一会儿，农人从村庄里陆续走来，他们在太阳的影子中晃动着身躯，他们是来收拾树林间这些杂草的。那些挂在草上的红叶被农人连同杂草一刀刀割了去，屠杀般堆在一起，点了火，顿时浓烟四窜，弥漫在整个乌桕树林。晨鸟被烟熏得流泪般，叽叽喳喳全部逃到没有了叶子的远处的树枝上成排地站着，回首它们的鸟窝、浓烟四溢的树林。

　　这时的我分不清哪是自然的晨雾，哪是火烧的烟丛。整个大地乱成一团，就连刚才还清晰的乌桕树林也只有一点点树帽浮出烟海，阳光是根本照不进去的，退缩后，就在林梢的表面映射出一些软弱的黄光。

其实乌桕树就是农民常说的桊子树。生成桊子树，一生就只有在农人的刀锋中扭曲。农人们不是为了诗歌才将桊子树的丫枝修砍的，在他们手里，那树上结的白色颗粒是他们的收成。在漫长的岁月长河里，他们练就了收拾这些颗粒的简单办法：齐刷刷地将小枝砍下来，成捆地收回家，既轻便，又不让桊子树逐年疯长，长成他们难以控制的高度。于是每到春天，伤痕累累的树身上，又从伤口旁边长出新枝，经岁月轮回，给农人又一年洁白如玉的果实。然而，就因为在一刀刀的痛楚磨难中，树们才有诗一般的造型。树身变幻多姿，时而硕大瘫垂，时而斜生向天，时而扭曲互抱。于是，农人的桊子树在诗人同情的眼泪里，有了一个悠扬的名字——乌桕树。

古诗"前村乌桕熟，疑是早梅花"，便是对乌桕抒情的描述。据说张继的"寒山寺"里的"江枫"便是乌桕树。

一时过后，坝上的雾逐渐散去，我站在林间，和早工的农人攀谈。得知这片土地将种上油茶。红色的树梢抚摸着蓝色的天底，狗儿睡在林间，农人来回劳作走动，阳光直射红叶，照着黄狗。在我的视野里，颜色在有序地流动，乌桕那不动的树身，或高或低，或疏或密，在大地上如此这般，恰好地装点着。只是地上的落叶被农人翻耕之后不见了影子，但我是记得她的形状的，还有她的颜色。

画卷小渔溪

　　小渔溪位于沿河后坪、务川茅天、彭水朗溪三县交界的地方，著名风景区阿依河的上游。集自然风光的多瀑布、小溪流、峡谷、竹海于一体。峡谷中沿溪流两岸的弯弯曲曲的竹林里，土家村落依稀分布，水边的竹林里，遗留着多处土法造纸的水槽和石碾子。峡谷两岸，自然景观交替更迭，一处是齐天的悬崖，下面是沧桑的古树、竹林人家，接着便是土家人在悬崖边的陡坡上开垦的土地的痕迹，和山下村庄旁的田园相映成趣。陡坡上或突然凸出三五根独立的石柱，自成一景，或偶现巨型的洞穴。村里人淳朴好客，黄发垂髫，一脸天真。我们每路过一户人家，便留我们住宿、吃饭。那真诚的语气让我们感到竹林的温馨，峡谷的情怀。

　　某一年，大山一老，便裂出许多峡谷来，峡谷一沧桑，便天一把地一把地流泪。泪水一多，就成了瀑布。小渔溪的水不是来自远方，也没有其他传奇的经历。简简单单来自几处悬崖的瀑布。我想，可能是小渔溪的美景惊动了瀑布的眉头，一到悬崖边上，便兴奋不已，在悬崖的口子上，一展容颜，便露了洁白的肌肤，快乐地在悬崖上舞动着、垂流着，一副抒情的样子。唱着清新的歌谣，给绝壁听、给树听、给蓝天白云听。末了，让深潭一拥抱，温顺成了小溪流，羞羞答答的，新娘似的，在沟谷的小石间若隐若现，汩汩地笑。歪一下，几朵水花，一弯腰，亲吻了下一个深潭，一仰头，仰抱垂下的树枝。就这样，和小石们、和竹林们、和村庄们说说笑笑，去了峡谷的下游，去了另一片天地……

小渔溪的村庄，没有水泥砖墙的影子，没有车水马龙的喧嚣，甚至没有高压电线、没有任何机器的轰鸣。除了鸟语，除了牛铃，除了羊叫，就只有小河里水流的哗哗声。就连在田地里耕作的老人、在古树下甩秋（荡秋千）的小孩，也只是偶尔多一点笑声，剩下的只是恬淡的山崖，平静的峡谷。古树丫枝上的鸟窝，黑乎乎的几点，许久没有鸟飞动的样子。炊烟从竹林那边冉冉升起，在古树的丫枝间穿梭了几下，扶抱几下，升向空中，软软地，淡淡地，问候绝壁，打望山崖。里面有音乐的符号洒向蓝天。那些古树，在竹林里、在绝壁下，守候着黑瓦。一守，便是千年、万年。默默地、老成的样子，不爱说话、不爱长叶子。望秋水远去，任春花开落。先人的坟墓在古树下，成为几堆象形符号，远去了岁月的伤痛和悲欢离合的斑斑泪迹。

小渔溪的竹林倚水岸而生，为村庄而活。有时，她们又努力地从山坡走到悬崖边，涂抹几下，又弯下腰来，柔柔的丫枝向着河岸的村庄。多情的竹梢，手总是痒痒的，一会儿去摸摸村庄的黑瓦，一会儿去捞捞水里的浪花。从村庄里延伸出来的小路，被石头铺着，被竹叶盖着，软软地速写着村庄的风雨岁月。这些小路从一个村庄到另一个村庄，从山里连到山外，从一处竹林弯曲到另一处竹林。有迎亲的队伍热闹过，有抬丧的村民哭号过。水碾是竹林的胃，是村庄的钱源，当然是起源于土家人的膜拜，这些水碾转动的岁月，就是村庄转动的岁月。小渔溪的水，除了给田园几丘浸泡，给村庄装满水缸，唯一可干的活，就是推动水碾，连接岁月的沧桑。

捞车河旧事

　　自从那声音低沉的石碾子不再转动，捞车河的水就白流了，而且现在是打不起半点精神来，从河岸的房子脚下、古树竹林边悄悄流过，像一个年老的女子，只能回首自己随着青春远去的容颜。我去的那日，先和三叉河廊桥上的阿婆打过招呼，再见了灰尘蒙垢的石碾子。旁边的榨壳里还存放着这个碾坊的最后一槽物料，不知是桐籽面还是油菜糟子，套在外面的铁圈已生锈发黄，只从铁圈之间看得出一个碾坊最后一滴油已经无法流出来的样子。于是我断定，在若干年前，这碾坊是捞车河这个村庄的灵魂。女人们从田地里收拾油菜籽、从起伏的山坡上打落满坡的桐籽，来喂养这胃口硕大的碾坊。男人们便一天天在碾坊里忙碌，当然河水也不停地忙碌，合唱一首碾坊的歌谣。是啊，那韵律不停的流水、碾槽里沉沉的脆响、男人们喊着号子撞击碾壳的吼声，融合之后，就是一首不见头尾的自然合唱。可是若干年之后的今天，我看见曾经榨油的男人在另一旁的空地上，一边接听手机，一边用另一只手的手指在泥土上写下数字，是他的儿子在福建打工，给他寄了一笔钱回来，叫他查收。

冲天楼是一件珍贵的建筑作品，在寨子中间，高出其他民房许多，成为一个独立的建筑单元，是捞车河这个土家山寨祭祀的宗教场所。捞车河是一条河的名字，她从群山中走来，流过许多村庄之后，就投入到了酉水河的怀抱，这样就把沿途的船们也送入了宽敞的酉水河。后来，捞车河的名字就成了一个村庄的名字。也就是我今天去的这个村庄，这个有冲天楼的村庄！

我向一个正在织西兰卡普（土家织锦）的阿婆随便问了一下村庄的情况，她头也不抬地说道："原来闹热得很，我们都要到坝子集中，700多人一齐跪下，向神灵讨好，求个风调雨顺。"她平静地旋转着她面前的织布的轮子，线从旁边的柱子挂钩上抖抖下落。她说村中最有威信的长老在冲天楼上主持仪式，大弯的水牛角一响，然后一群请神的男人就不停地跳，持续了几十年。我回看那黑色的冲天楼，有四五层楼高的样子，飞檐翘角，颇有冲天的气势，只是听不见了那洪荒的角声，看不见万民齐跪，祈祷上苍的场景。旁人说，现在也有祭祀活动的，不过是为了搞旅游，由政府牵头组办的。我才想起另一边的河岸上，正在大兴土木，修什么接待中心，宾馆之类的。显然，捞车河已经走完了她的农耕时代，河面也不见了运送桐油等山货的木船，取而代之的是一处供游人过河玩耍的拉拉渡。望着河中要靠岸的几艘旧船，渐远的河面，白鹭在不停扑向水面，十有八九在捕食水中的小鱼。

连接三岸的廊桥，从空中看去，像三条拉直的绳索，各自用力地向一岸奔去，你不让我，我不让你，就这样僵持着。我没有打听这廊桥修建的岁月，但凭这一路榫卯无钉的全木，以及廊桥中心连接处那些精美的雕刻，我是被捞车河的先民们伟大的匠心所折服的。从资料上得知，三岸共居住着400多户人家，有1700多人，是一个美丽的土家族聚居山寨。我走访过酉水河沿岸的许多村庄，居民全都临水而居，千百年来，形成了这块地域特有的土家族民俗文化，有独特的舞蹈、歌谣、织锦和语言。捞车河就是土家民俗文化展示最集中的地方。不管是冲天楼，冲天楼前宽广的摆手广场，还是廊桥梁木的精美雕刻和码头寨门上斑驳的对联，都说明了这一切。

停车场附近的河坝上，古树顺了河流的方向勉强站立着，身子有些歪斜，诉说着曾经不止一次经历洪水肆虐的痛苦记忆。鸭子在水面一群或三五只分散游动，岸上树林中摆摊的阿婆时不时扔些卖剩的食物向水里，鸭子们游过来点头抢着……

天地之间有杆秤

　　说到父亲当年对自己的严格管教，六十六岁的王宝细老人顿时热泪盈眶。在他心目中，没有父亲的严格要求，他就不可能将秤做到今天，做到大江南北。他觉得做秤就是做人，做的是德行，做的是良心。所谓的江湖就掌握在自己手中。在湘西泸溪县浦市古镇，世代靠做秤为业的王氏家族，当下传人是第五代主人王宝细。

　　今天，我们讲讲他的故事。

　　在电子秤没有普及的年代，我记得每个村庄都有一杆大秤，称肥猪，称粮食——两个大人将被称的物件一抬，然后空中就悬着会说话的秤砣。家家户户的板壁上都挂着一杆黑色的小秤，一般的重量，一个人单手就能称测。当然，中药铺子的小秤更是弄到厘厘精确，那是称量中药的秤，那是人命关天的事，一点虚假不得。我要说的是这些大大小小的秤，可能都是来自湘西王家。单就到了王宝细老人这代，已历经几百年的历史。

　　王宝细七岁开始跟父亲学做秤，近六十年的做秤生涯，足以将一杆秤做得精妙绝伦，足以将一杆秤做到中国大地的任何一个角落。王宝细每天至少做两杆秤。这样粗略一算，他制秤的总数已超过五万。

王宝细的家在浦市古镇的中街。浦者，水滨也。市者，商都之集易中心。浦市临沅江而成，船橹下通洞庭，上行洪江，此处自古为商流重埠。

我们一早行走在浦江河岸，一望江水，舟楫上下，白雾横江。

只只白鸥穿云击水，渺茫之中，可见岸上树影，林里人家，是一幅江南水乡的婉约画面。古镇依靠着隐隐可见的云里山峦，是为湘西之迹。王家不断的制秤岁月就在这样的环境中慢慢地沧桑着，凝聚成王家屋檐下四个金光闪烁的大字："王记秤杆"。"称金称银称人心。"王宝细边做着手中的活边和我们聊着。做秤就是做人，心不能偏，偏则失德。他们家已有几百年的制秤历史，出自"王记秤杆"的秤没有出现过一例失量的事故。我们问他为什么不在秤上标上"王记"的标志。他说方圆百里用的秤都是他做的，还要什么"王记"？

土法制秤有太多的工序，每一个工序都马虎不得。有一种木料叫血绸木，血色，质地坚韧而柔绵，是做秤的首选佳木。150公斤的大秤，杆长两米，而五公斤的小秤，杆长则只有三十厘米。

王家制秤的历史历经三次改变：中华人民共和国成立前通行的是十六两秤，所谓的半斤对八两讲的就是这种称法，中华人民共和国成立后到改革开放前通行的是十市两秤，之后就是我们现在所用的公斤秤了。我们离开浦市，老王就送给我们一人一个五公斤的铜星收藏秤。老王家里从制秤的原木到成品，凡所应有，无所不有。甚至老百姓用坏的秤他全部回收，挂了满满一板壁。他说他对这些秤有很深的感情，他甚至认得出哪杆秤是什么时候做的。

　　他听说我们是重庆的，专门过来拍摄他制秤的过程，十分感动，说到不易的生活，说到岁月的伤痕，像个孩子。我们采访老王，反过来则深受教育。在物欲横流的今天，老王在他的店子里，固守匠人那份冷清，在一根根木秤上打磨，我竟然觉得像是一份份道德的积累。我们绝不怀疑王宝细的人品，就因他是做秤的。他门前的大街上，满街挂着红灯笼，各家各户忙碌着自己的生意，而且交易过程中使用的全是电子秤，和冷清的"王记秤杆"形成强烈的反差。而我们也分明感到王记秤杆的秤已量完了它应有的岁月，退避到了历史的一角。沅江的水依旧长流，商船依然往返。但古代商人那抱拳相迎，用土秤过物的时代显然已随时光渐行渐远……

老油坊

我今天去的地方叫老油坊，是一个靠碾桐油起家的龚氏村落，位于麻旺镇戴家村五组。

两条溪流交汇后，在大山中形成了一个三角形的峡谷，村庄就在这峡谷口上，有名的老油坊在溪流独立的一岸。也是这个村庄从有人居住以来唯一的名称。这个老油坊有自己石砌的围墙，朝门处便是景色漂亮的小码头，古老的石梯一直从老油坊人家居住的坝子延伸到溪流汇合的水中。村庄前面那条溪流不像溪流，小河不像小河，流水从几处山谷前来，无缘无故地碰到一起，形成了无数个深不深、浅不浅的水潭，在长了竹林或者黄桷树的岸边隐隐地摆着。河谷中的石头，想努力修炼成椭圆的样子。喂养村庄的小鱼就储存在这些水潭之中，可能这些水潭里的鱼也仅仅够这个村庄的人们吃喝。

这个村庄除了竹林，还有许多黄桷树。这些黄桷树可能和这个村庄的历史一样悠久，因为它们在村庄的院墙上长着，应该是最先在这里安居的人们栽的，所以时间不是很长，四五百年的样子。它们在院墙上成长，院墙的石头东倒西歪的，有些被树根挤得要垮不垮的样子。黄桷树也长成伞状，向河谷中心倾斜，只是它们的根基牢固，隐隐看得出它们还有很强的生命力。我甚至看见它们的根一半伸到了水里，一半伸到了石壁之中，裸露的根块像手掌一样紧紧地抓住这里。

恰好今天的天空非常蓝，那些白云慢慢地走着，然后倒影在溪流之中，溪流静下来时，白云在走，溪流有了浪花，这些白云也就有些破碎，唯一没有走动的好像只有古老的村庄。我也在走动，村庄里的老人带我去看他们的石碾子，他们的院墙，他们古老的朝门。他们讲故事给我听，我写故事给他们看，就这样，我们因各自的需要走动着、交谈着。

如果你要拍摄，根本用不着选什么角度，寻找什么位置，你站在任何一个地方，仰视也好，俯瞰也好，总之，要么有溪流，要么有黄桷树，要么有蓝天黑瓦，要么均沾一点点，要么有重点突出的地方，不管怎么看都是一幅很好的风景画。这里显然是安顿灵魂的地方，如果你的天涯很远，人生很累，不妨来老油坊走走！

这个村庄的公路是近年才通进去的。去的时候，导航指引的一条路已经被阻断了，在维修旧桥，我的车刚停下来，向人们打探路的情况。然后那里的老人问我："你干啥子哦？"意思是你改猪的吗，还是骟牛的？我就跟他们讲明了来意，他们就说这老头子就是老油坊的嘛，马上就要回去。于是我叫上他，他就往另外一条路带我进了他的村庄。听说这条路有个地方已经垮了，水泥路是悬空着的，我问去得不？老人说，不怕！不怕！大车拉沙子都在走。虽然他这样说，我还是边开边注意危险的地方。

　　这个老人叫龚学成，今年71岁，他去酉阳卖了60斤蜂糖，原来他家还养了30多桶蜂子，一年要收入几万块钱。他回家时，急忙把自己的口袋一放，就去用大碗舀了一碗蜂糖出来，硬要我喝。他说他这个蜂糖是山里的蜂子自由地采野花搞定的一点糖，保证纯正，而且有中药效果。

　　只有他一户人家，房屋略建得高一些，房屋周围也有竹林，和蓝天最接近的就是这小山梁上的竹林了，竹尾时而和白云混在一起，时而和高耸的山峦有意重叠。在他家坝子，就可以俯瞰村庄其他所有的房子。

　　老油坊的村庄之间，房屋与房屋之间的小路，或者从溪流中铺着的让人踏着过河的石头，都因为很少有人走动而改变了原样。小路上已经铺满了一层陈腐的竹叶，走起来软绵绵的，那过河的石头，有的地方已经松虚，有的已经被水冲移了位置，所以我是很难过得去的。

　　这个村庄在200多年前是当地最富裕的，他们把桐油卖到了酉水河下游的常德。龚氏家族几十号男劳动力，要么就在家里榨桐油，要么就把桐油运到酉水河上去卖。他们有自己的五六只木船。那时的统领人物叫龚富仁，曾经红火的时候，从这个村庄到后溪酉水河码头，全是龚家的人货来往。但今天看上去，石碾子已经残破，在土里埋了一半边，那些造纸的池子，碾纸的石头，或者古老的房子，都在诉说着历史的沧桑，我没有去的时候，它们被野草和苞谷秆遮掩着，好像

如果我不去，它们就没有诉说的对象似的。

老油坊最古老的房子在民国时期被烧过，不知是什么原因，龚家先辈在房子前面建了一个码头。因为这水面是不能行船的，还有朝门，我想当年的人家只是为了显示自己的阔绰和气派罢了。当然这水也有很大的时候，听龚学忠老人讲，去年涨过一次大水，淹过了正屋板壁半人高，说着他指着板壁上的泥巴印子给我看。

我在他们屋里拍摄一些历史的痕迹。看见很多尚未褪色的嫁妆。红床还有雕花，柜子很多，箱子也多，都有鲜红的油漆。我仿佛看见曾经的一场豪华的婚礼。这里的人从山外把新娘接来，一路吹吹打打，把这山谷、把这小村庄弄得热热闹闹的。

村庄的老人们留守在这里，没有忧愁，他们一天弄一杆长烟杆，抽旱烟。老人们坐在水边或竹林中，摆些龙门阵，并不因为村庄无很多人居住感到悲观，也不因为这里没有繁华的车来车往感到寂寞。他们脸上依然带着微笑，只是脸上的皱纹有些沧桑。

龚学忠老人看我工作辛苦，汗水很多的样子，就要留我煮饭吃。但我实在不想麻烦他，因为我车上有啥子牛肉、面包这些东西。于是他给了我一瓶自制的矿泉水。他们用空的矿泉水瓶，从他们的小溪里把水灌上来，然后在冰箱里冻好。他跟我说，这水跟矿泉水一样，绝对吃得，不会有毛病。

最后一棵桐子树

今夜，我真的无法入睡，眼前总是浮现那棵桐子树被烧焦的情景。

昨天，在一个村庄的土坡上，一位沧桑的老农，将土地上秋收后的苞谷秆通通烧掉。记忆里，秋收后禾草是可以用作牛们冬天的粮食，或做煮饭的燃料的。老农告诉我："这些都不用了，只有烧掉，还能肥土质。"烧苞谷秆，这倒不是让我痛心的，看着远远近近忽歪忽直的火苗，倒像一道壮观的风景，烟雾弥漫在黄土上，丛林里，给这尚未完全金黄的秋天，涂抹了几许画意，也是很值得欣赏的。可是，我分明看见老农将围在几棵桷子树边的苞谷秆给点燃了，这不是要把树燃起来？他漫不经心地想要告诉我什么时，火苗已经上树，烧得尚未殷红的桷子树枝叶沙沙作响，伴着浓浓的白烟。他说，这些都不用了，不用了。我知道，桷子树现在确实已经不用了，没人打桷籽压桷籽油了。于是桷子树长在农民的土地上成了多余的，甚至妨碍其他庄稼的生长。他说着说着，又去点燃了围在一棵桐子树下的很大一堆苞谷秆。迅速地，满树青色的果实被火焰包围着，树干在烈火中燃烧，我被这

情景搞得很木然，眼看无病无痛的挂了满树果实的桐子树就在烈火的烧烤之中变成了黑乎乎的树桩。老农还是漫不经心地说，桐籽现在也没用了。

青青的桐子先是像星星一样点缀在蓝天白云之下，然后在烈火之中迅速变黑，并伤心地落到了地上。火后，也有少许没有掉落的，在黑乎乎的树枝上死死地依靠着，很不愿离开。我是理解它们的心情的，就像在一次大灾来临之际，不愿分离的母子之间那种生死情结。

我想去想来，还没有其他的树像桋子树、桐子树的命运这样悲催。它们当年长在土里，因为能给人们带来收入，于是人们把它们当宝贝；今天，桐油不值钱了，桋油没人要了，在土地里就成了多余的，被烈火活活地烧掉。我看着这场景，心里总有些不舍，因为它们毕竟伴随过我们。且不说桐子树诗意般的形状和颜色，也不必说桐子花开满山野时的美景，单就那大江大河上、野水溪流间的帆船舟橹，没有哪艘木船不需要桐油的漆抹。我仿佛看见，村庄的脚边，那硕大的碾子，那蒙了头脸拉动碾子不停旋转的水牛。印象中，当年的秋天，人们在桐子树下，撸开草草，生怕捡漏了一个桐籽儿。在树枝上，男人们不停地在树上摇啊，用竹竿拼命地打动桐子树的枝条，生怕留得一个在树上，那可是钱疙瘩呀。时节中，村庄各家各院坝上，堆满小山似的桐籽，人们抽时间将桐籽米剥出壳，就用背篓装着，用麻袋包着，送到村庄边的榨油房去。碾压之后粒糟就被蒸熟加温，然后和少许稻草封成圆饼，放进榨里压出金黄的桐油。而今我去村庄寻找，碾子没有了，榨房没有了，就像我的童年一样没有了。儿伴时，和村庄的表姐表妹互相追逐的山坡，当年是开满了桐子花的山坡。而今，山坡在，桐子花不在，表姐表妹也不在，我也离开了温馨的村庄，在风雨中漂泊着岁月。那老农漫不经心地说，烧了它们还是可惜了。他戴着帽子，惆怅地望着烈烈燃烧的树丫。他叹道："不行啊，我要让这核桃苗生长，不能让它们影响了我的核桃苗。"这时我才发现，满地的火光之中，确实有稀稀疏疏半人高的核桃苗。但愿如此，三五年之后，正如老农心中期望的那样，到秋天，满坡是硕果累累的核桃树。我望着那几粒烧焦了又没有掉落的桐籽，我理解了它的伤心，理解了老农的无奈。但我是爱桐子树的，因为它的花果伴了我的村庄、我的童年。回首望去，那两颗火焰中的桐籽，像两滴正在垂落的眼泪……

丰收岭上桐花开

人间四月芳菲尽，山寺桃花始盛开。这人间四月，在可大的丰收岭，不是桃花谢了，而是漫山遍野的桐花正在怒放！

我曾经写过一篇《最后一棵桐子树》，讲的是浪坪那边一位农民将自己庄稼地里的桐子树和椿子树活活烧掉的事情。我看见青青的桐籽一个个在烈火中被烧的现场。老实说我当时很难理解老农的行为，因为我的童年几乎是在桐子花的世界里成长的。而现在，桐油好像不值钱了，人们把村庄前后山坡上的桐子树都毁了，几十年来，那漫山遍野桐子花的风景就成了记忆。

去年四月，吴娅敏她们将可大丰收岭的桐花照出来，让我感到惊喜。我又看见成片的桐花了，可惜当时我在杭州，与那场盛大的花事擦肩而过，我决定今年不能再误了四月桐花的拍摄。于是我向各路朋友一直打听着桐花开放的进度，我算今年第一批赶到丰收岭看桐花的外来之人。

丰收岭在八面山下，酉阳可大乡境内，离可大乡场不过三四公里。我们的车直奔丰收岭上，进入了白色的桐花世界。丰收岭，诸多岭迹从八面山顺势延伸下来，岭迹上生出无数

的小山峰，在大地上纵横交错。站在山岭上，不免感慨"横
看成岭侧成峰，远近高低各不同"的妙处。这些山峰岭迹本
已是绝妙的风景了，就算没有桐花盛开，也会让你大饱眼福。
你看那山峰上的奇形老树，或突出一枝，或三五成林；山峰
下的腋窝里偶有竹林，其中隐约着三五户人家。炊烟升起，
就遮住了他们屋前屋后新翻耕的土地；成群的山羊在花林中
寻食嫩草，懒懒度日，母羊用慈善的叫声招呼着儿女们，水
牛则漫不经心地吃着食物，听着主人的笛声。前几天下雨，
我还草就了一首绝句：

> 雾染花山景亦奇，
>
> 鸟鸣云漫岭东西。
>
> 牧童隔我三千步，
>
> 雨打笛音渐渐稀。

今天看来，这是不合适的，雨是没有下，低山的雾也没有，
牧童也老了。还好，天上的云朵还在，水牛也在，鸟鸣的声
音也在，这已是另外一种意境了。这一切的一切，都是有密
密麻麻的桐子树装点的。它们花已新开，叶已新出，在太阳
底下，白的白，黄的黄，很认真的样子，把整个丰收岭装扮
得有模有样。近处的花，还带了殷红的心，中间有金色的芯，
一到远处，就只有白茫茫的一片，一直到山岭的天际，和天
上的朵朵白云连成块，仿佛，这些桐花，就是掉下来的云朵，

下面那些白色的羊儿，极像花瓣撒落似的。这时，从山下走来一对恋人，他们是来看桐花的，在这十里桐花林，来一场飘逸的恋爱，当然会感动这里的一草一木。羊们，鸟们，云朵们，高声喧哗着，为这一对恋人的到来做一些铺垫。

山路上，或水沟边，总有成堆的桐籽旧壳，那是村落里的人们，收获桐籽米后留下的痕迹，我是非常喜欢的。小时候，我看见大人们将山坡的桐籽捡回来，堆放在村庄的某个角落，小山似的。然后在深冬的闲时，他们就沿小山围成一圈，一个一个地剥，壳子堆高，就点了火，生了烟，烟雾小小的，横来绕去，伴着桐籽壳味道，这个时候，多半是要过年了，成堆的小山消失，油榨房的水碾就开始转动，硕大的木头榨油壳也像大力士般活动起来。碾槽边上，水牛被蒙了眼睛，不停地转动，永远那样走着。岁月啊，就把我们的童年消磨着，到今天再上山看见这些成堆的壳时，我已经老了，只有这四季更迭的花山还如此鲜活。

床

　　这张床，是我睡过而又记忆深刻的一张床。

　　当我再次走近这张床的时候，床上铺的旧棉絮还在，我当年用过的枕头也在。大山中的吊脚楼不是很宽敞，就勉强安得下两张床的样子。杨元兵书记家的吊脚楼就是这样，所以另一张床上放了一些其他的东西，也是当年的样子，没有改动。甚至我当年穿过的拖鞋都还在，我提起来看了看，又放回了原处。我揭开破旧的被褥，估计这张床是我最后睡过，后来就没有人再来过杨书记家，因为那年我离开他不久，就听说他因为脑出血去黔江抢救，后来他虽然好了，但身体大不如前，孩子们就没有让他和老伴再回到这叫飘水溪的地方住了。可能是当时一家人走得匆忙，除了给灶屋上锁之外，这吊脚楼的门虚掩着，也因为如此，我才有机会再次打量我住过的这张床。

　　大坂营原始森林让人神往，五年前，我下定决心要探访这片森林。我给木叶的乡长庞一周说了想法，那时上大坂营的公路不通，只有步行。庞一周给我做了最好的安排，从小咸井开始，就安排沿途的各组组长到自己的地界上接送，帮我搬运照相机这些东西。最后一站接我的就是大坂营的老书记杨元兵。当年书记70岁左右，我和他行走的这一段，可以算是大坂营的森林了，但并不原始，途中还要路过几户人家。夜幕降临，月亮在云层中迅速移动，时而露出圆形，时而被云块变换着形状。各种夏虫的鸣叫声在这群山之中此起彼伏，像在演奏一场盛大的音乐会。翻过几座小山，就听得见哗哗的溪流声响，杨书记说，走过那流水的沟沟，我们就到了。我一眼望去，除了大山和天空有较为分明的线际外，大山一片黑色，发出水声的溪流远在对面的那片黑色之中。

杨书记早上接到通知，知道我要来，并且就住在他家中，他早已安排老伴将房屋打理得干干净净。我到他家时，已过晚上九点了，算下来，从在细沙河边走路开始，我已爬山行走了11个小时，真是累了，简单洗了脚就睡下了。接下来的日子，杨书记成了我每天进山拍摄的向导，他的老伴则成了我们的后勤部长，每天给我煮最好的东西吃，我睡的吊脚楼也是我的临时工作室，每天深夜，我在那里打稿子、发照片。

这次再去大坂营，有赵向群和冉俊周老师同往，之前也向庞一周乡长报告了行程。本来是周末，应该休息的，庞乡长听说我们去大坂营，当天就从酉阳赶上来，做了很好的安排。我们计划不管车能开到哪里，哪怕步行都要到杨书记家看看。一路行来，比我预想的好多了。原来荒凉的细沙河水岸，有了一家临时的餐馆，叫许晴的女主人热情大方，她说上大坂营去就没有吃的了。我们决定先吃了东西再走进这茫茫的大山，并嘱咐她把细沙河的鱼准备好，晚饭就定下来。木叶乡不仅将公路修到了大坂营人烟密集的村庄，还硬化到了烂泥湖的边上，只是沿途山体多处滑坡，阻断了进山的路程。也好，我们想尽办法，克服困难，居然将车开到了杨书记家后面，即使不滑坡，我们也只开到那里，到杨书记家最近。

我们在去杨书记家的途中，遇见一些采摘野生猕猴桃的人，他们好像收获不大，拿着口袋和刀具，从大山中出来。82岁的刘霞光老人和他的老伴在杨书记家后面铺设水管，一阵寒暄，他家是飘水溪留守的最后一户人家，还有他们的儿子共三人。飘水溪是酉阳境内最深入大坂营原始森林的一个小村庄，人数最多的时候有80多人。村民们种苞谷洋芋、上山打猎寻找中药材，长期以来以此繁衍生息。这里交通确实不便，人们出行是非常困难的。据说当年为了将川湖大界界碑这块石头从木叶运到大坂营川湖界上，8个劳动力整整抬了3天，才将这块石头运到了指定位置。对杨书记来讲，当年因为信息不灵，误了他考酉阳师范的时间，后来在大坂营村当了书记。又遇当年的县委书记冉海光视察大坂营烂泥湖黄连厂，冉书记了解到杨元兵书记有文化又淳朴，就叫他去考"脱产干部"。考试都过了，材料都弄好了，当时小咸乡的某领导说，大坂营确实离不开他，没让他出来当脱产干部，就这样硬把他留在大坂营当了一辈子的书记。不过杨元兵书记多年过后，对自己未能外出"当官"已经看得平淡，他继而成了大坂营原始森林的护林组长，电视台还专门给他拍过宣传片。而且杨书记虽然身居山野，但他的朋友都是各地来探访大坂营的艺术家。这些人陆续到来，都是住在杨书记家，最多的一次有三十多人，在他家搞了篝火晚会，他高兴得把平时收进屋的干柴全部拿来烧了，他给艺术家们讲大坂营的故事，艺术家们要了他的电话，成了要好的朋友。当年杨书记给我讲起这些的时候，脸上满是幸福的笑容。

　　我睡过的这张床，在杨书记专门安排的"总统套房"里，凡是有尊贵的人来访，一定是住在这吊脚楼上。从这张床上醒来，可听山虫鸣叫，早上观百里云海，好不快哉！我确信，这张普通的木床，一定睡过各路来客，并且都应该留下了深刻的记忆。这次如果当天不下山，我还愿意在这张我睡过的床上过夜。只是庞一周在山下催我们早点下山，因为森林中这条才硬化的公路时时都有滑坡的危险。我于是轻轻地关上吊脚楼的木门，一样没有锁它。因为，也许明天还有来访者，也许他们曾经也睡过这张床，进去看一下是难免的。

菊　花

今天，我带你去看那几山几岭的菊花。漫无边际的、自然生长的，当然也是农人们种的，但他们当初种菊花就不是为了让你观赏的。于是，沟边、岭上、小路边、椿子林里，路是不方便的，也是不完全集中成片的。菊花入药，农人以茶的名义赋予菊花另一种期待。

当我发现这些菊花之后，我迫不及待地想告诉农人：你们就不要采了吧，让这些菊花，白的、黄的，在金秋的高天之下静静地舒展自己的叶片，在晨露之中缓缓地托起硕大的露珠，和身边的衰草对话、和头上红得湿润的椿子叶、枫香树耳语。但管开娥不听我的，在簇拥的菊花中间疯狂地采摘，她微笑着、抚摸着。这些菊花也像高贵而脱俗的少女，摆动裙服，笑着，红着小脸，低头让她掐了身姿，拈进了篓子。这时管开娥在白云底下，在菊花丛中，拿着一朵，忍不住嗅了起来，微笑着，花仙般。今天，我给你讲的是这样的菊花。晋陶渊明独爱菊，是周敦颐这个莲花痴说的。菊花，这般品相，定是人见人爱的。那旋律悠扬的花片由曲而展，从花心依次露暴。外层的花反卷到泥土边上，重重地垂着，忽然间，像一双多情的大眼，紧盯她热爱的土地，裸背却向了蓝天，故蓝天知了她的谜底。或是姿态反然，这娇艳的花簇那点心事就这样在大地与蓝天之间暴露无遗。陶公在南山下忘了归去，莫不是就这般爱上了菊。

我来到这花坡，菊花像是忘了管我。至少开始是这样的，当花的主人管开娥在田间突然出现，我们才和花有了言语。于是，金黄的菊，穿了红白相间花色上衣的管开娥，还有我这端了照相机的山外来客，成了这山坳上一幕演绎菊花的情景剧。但亲爱的，你是模仿不来的。我要告诉你，蓝天上那云朵，排列组合，蛮像天庭的一片花海，柔情的阳光在白云间移来移去，所漏下来的几束，在我视野所及的枫林间，花坡上转来转去。那舞台的灯光是设计的，有规律的，而山野上这几束光的转动，没有了规律，只有浓烈的情感。周围的红枫林就不用说了，只是它们还红得不一致，有的还略蕴青色，紫色，幕墙似的围着，只偶尔露了几许空隙出来，让我看得见山堡那边的村庄以及远处淡然的山峦。近处茅草的枯枝直直地在花后的石头边站着，在土坎上爬着，你不让我，我不让你，还用力地向前挤着，像是拥向一场盛大的集会。

我和菊花的际遇是期待了许久的，早年从《诗经》里找到了她的影子，又在陶诗里嫉妒地读过。后来在某一个村庄的角落里，也见过一朵两朵，甚至还在所谓的花海里见过，被人摆成了各种形式，强迫外人看的。而这个秋天，遇到的菊花，隐于山坳，自成诗行，白一地、黄一地，微风之中小舞着，艳日笼罩，成就了一地歌谣。鸟们就躲在桷子树上，边用小嘴啄着白色的颗粒，边偷偷地斜眼看着，偶尔叫两声，喝彩似的，让秋天如此不平静。

恐虎溪

莽莽武陵，悠悠成韵；滔滔酉水，蒙蒙静流。

在武陵山腹地，在酉水广阔的流域里，生活着一个勤劳善良，文明淳朴的民族——土家族。

他们有自己的语言、民俗和丰富多彩的文化。

你听听那一曲曲扣人心弦的山歌！

你看看那一幕幕美不胜收的舞蹈！

还有吊脚楼上那一个个精湛的木雕。

小屋里那一张张秀美的织锦。

但随着时光的流逝，随着现代文明与传统文化的广泛融合，成片的土家山寨吊脚楼被现代化的楼房取代。就连土家族的服装我们也只能在表演的时候看到。

我们怀念的乡愁在哪里？

我们记忆里的吊脚楼在哪里？

让我们蹚过宽宽的酉水，让我们走过软软的木桥，去仰望逝去的岁月，去触摸土家族白氏家族尚未坍塌的祠堂。

让我们翻过高耸的山峰，在白云流动的地方，去看看一个古老村寨柔柔的炊烟和倾斜的黑瓦！

让我们走进恐虎溪 —— 土家族最后的原村寨！

在酉水河边的山窝里，在八面山下的丛林中，这里就是恐虎溪古老的村寨。

良田铺展在山谷，竹梢掠过屋檐，一棵棵古树在村边的小山上，或明或暗写意着恐虎溪优美的山水画卷，这就是苍翠欲滴的恐虎溪。

从古树的间隙望出去，除了山峰，还是山峰。山峰间几条小溪流，汇聚到村庄的中间，浸泡了几丘田园后，在竹筒里流经了各家各户的灶台之后，又在村庄边的峡谷变成小溪流，晃荡晃荡地流到了岁月的另一边。

由于山河阻隔，恐虎溪至今不与外界通公路，有一条断头公路，全长不过五公里，在山岭上盘旋了几下，一头终于山间，一头止于酉水河畔。

关于恐虎溪，我们访问了多位老人，模糊的记忆基本是：姓白的先辈通过风水秘术发现，这个深山老林里，老虎经常聚居出没的地方定是居家的好风水，虎踞龙盘嘛。于是白姓人家便迁徙到了恐虎溪。恐虎溪先前确实没有名字，在较长一段岁月里，是白姓村民与老虎互相争夺生存地盘的阶段，于是这里逐渐被叫成了恐虎溪。

恐虎溪有三百多户人家，清一色的土家吊脚楼，没有一处水泥的影子，没有一块砖头的累赘。吊脚楼密密麻麻挤在峡谷里，任风雨洗礼，任岁月推移。在两三百年的斑驳日子里，故事连着故事，爱情交织着爱情；炊烟连着炊烟，黑瓦交织

着黑瓦。村里的男人们，忙完了稻田里那点农事之后，便从墙壁上取下黑网，带上自家的阿黄，再让村中的老者掐指一算，看看今天该向哪个方向围猎。他们从狗叫声中归来，用软木杠子抬的多半是野猪，也可能是山羊。一场仪式之后，那鲜红的肉就被当天参与围猎的人全部分走。这样看来，几百年前，那些震慑人魂的老虎就是被村里那些威风凛凛的男人一只只消灭了。

村里一位六十多岁的聋哑老人，穿着古老的土家族服饰，悠闲地在自家屋檐下编制着竹篓。老人因为残疾，孤身一人，在寨子里便是哪家忙不过来便给哪家帮忙。当得知我们要在村长家吃饭时，聋哑老人便抱来一个大荒瓜（南瓜），意思是拿来给我们做碗菜，看他的脸，一脸慈祥和宽厚。

留守在村里的一百多人中，穿着花花绿绿的小孩是一道靓丽的风景。村脚的小溪边，田边的木桥上，吊脚楼边的巷子里，除了牛儿、鸭儿和炊烟之外，全都布满孩子的图画。他们脏着脸，在坝子追打成一团，刚才还在哈哈大笑，接着便是大声哭着。原来皮球在孩子们的争抢中滚到了溪流中，从水面晃晃悠悠跑了……

白应约是村子骄傲的历史传说，是恐虎溪的名人，他既是文秀才又是武秀才。恐虎溪的老寨子有一座石板桥，是由两块硕大的长方形石板铺就而成。据说这两块石板就是白应约一个人扛来放上去的。还说白应约人高马大，跪在皇上面前还高出半截。以前在寨子里，县官过路必下马，满村都飘着白家的红旗，因为白应约是秀才。那盛况，村里的人越讲越起劲。村民怕我们不信，叫我们去看他的墓碑。白氏祠堂的墙壁还完整，只是远去了那一场场盛大的祭奠。村长家的吊脚楼下，有一块古色古香保存完好的牌匾，上面写着"五福翠集"，落款是"酉阳州府"的大印。隐隐约约看得出这个寨子当年的风光。

现在的恐虎溪，最有文化的要数白老师。村里人讲的土家语，他能准确地辨别其中语音的正误。村中的小学里，白老师在上一般课的同时，一直坚持给学生讲土家语。学生用土家语交流着、谈笑着，我们似懂非懂。

夜里的山寨，炊烟渐渐被黑夜隐去，留下的是各家红红的灶膛和火炉，炕上一排排还在滴着猪油的腊肉。从窗格子里的灯光便知道，哪家使用的是松木槁，哪家用的是煤油灯……

最热闹的要数恐虎溪的年关，这里的石碓依然会传来悠扬的舂声，能看见石磨有节奏地旋转的影子。一家还在推浆、另一家的已经在摇架底下成型。少妇们微笑着，一边做着手中的针线活，一边斜斜地，有些爱恋的样子。可是，那个深秋的下午，我们要离开村庄。浓雾弥漫，古树的影子在村庄的上空模糊着，村里的舂声也隐隐约约地响着。

螃蟹洞探幽

　　这是一个美丽的秋日，我和《重庆晨报》的几位记者在酉水河畔的大溪请来一位土家老船工。登上他那旧得发黑的小渔船，去探寻酉水河岸上的螃蟹洞。

　　老船工一登岸，便做了我们的向导，带我们来到人迹罕至的洞口。刚才还是热腾腾的空气，瞬间变得冰凉刺骨。洞口不高，上部横浮着浓雾，进洞口 30 米的地方，一尊活灵活现的观音大佛合手盘地而坐，头部融于浓雾之中，慈善之容依稀可辨，胸前天然的念珠粒粒下垂，身上披着犹如微风吹动的大袍 —— 实际上是各种颜色、起伏不平的钟乳石花。

　　大佛身边是一个一米见方的水塘。老向导告诉我们，那是玉盆送水 —— 洞外凡人来游此洞，必先用其盆内之水洗脸、洗手、洗净身上所有凡尘，然后才能按当地民俗向观音大佛烧纸叩拜。

　　走过大佛，便来到洞内第二景 —— 乌龟托印。一块貌似乌龟的大溶石，向洞穴深处斜伸。一块两米见方的天然玉印置于龟背。游人来此，细视其印，再回首洞口光线中的石佛剪影，仿佛身临仙境一般，让人心静如水，超凡脱俗。

老向导指着从洞顶直垂下来的瀑布一般的钟乳石，告诉我们那叫金锣齐鸣。说着走过去用小石轻轻一敲，薄薄的钟乳石发出铮铮之声，在洞中悠悠回响。"金锣"后面是一排翩翩待舞的"戏子"，姿态各异，造型奇特。

我们从"戏子"中间穿过，走向洞穴深处，不料被一块巨石挡住了去路，周围三四个较小的石柱都倾斜着伸向巨石。老向导说："这是屈原问天、侍女送饭。"我忽然想起了屈原当年被流放到湘沅一带的凄楚情境。"济沅湘以南征兮，就重华而陈词……"诗人沿着先民的足迹，满怀苍生之疾苦，信步于这荒山野水，眼前苍山如海，残阳如血，触景生情，他那悲愤苍凉的感情，一发而长问不止……

我们看着身边的老向导，他是一个普普通通的土家老人，却能给洞内这些奇异石景，赋予如此传神的解说，让我们不能不赞叹土家老人的智慧和对中华民族文化的深刻认识。

绕"屈原"而过，不用老向导指点，已经知道是到了当地人给我们讲的"千丘田"绝景。千丘田，田田各异，丘丘相连，积水精均，田埂错落，横竖几十米，只是不见了人家，不见了鸡犬。要不，定会让人联想起世外仙境的桃花源。老向导指着梯田边沿与洞顶相接的巨型石钟乳说，那叫金山银山。每逢天干时节，用光照射，石壁金光闪闪，银光幽幽，奇妙的颜色美不胜收。巨石旁边是两个墨绿色的深潭，我们在潭边戏水，打破了洞内的寂静。

　　望着斜伸而进的洞穴，《重庆晨报》的几个记者还要往前走。老向导摆摆手抱歉地说："洞太深了，太险了，今天没有准备多余的火把，还是下次再来吧。"

我在光线的这头

我有一双黑色的眼睛，我用它们来寻找美丽的光影。

据我所知，这世界一切的美好都是来源于美丽的光线，和她所照亮的东西。这一切就组成了这美丽的世界 —— 山川、河流和那充满禅意的南朝四百八十寺。

在中文系读书的日子，老师把这一切讲得无比美丽，叫我们记下这些美好的东西，最好学会照相。那一年，我给做家教的主人讲了这件事，他乐呵呵地说：

"我有个照相机，也没有用，就送给你吧。就当你辅导我娃儿的一个小礼物。"我半推半就地接过照相机，心里无比喜悦。

1990年的暑假，我带上我心爱的相机，从乌江沿岸的彭水开始上行。在日光月影里，在崇山峻岭中，很快一个月的假期就过去了。没有冲洗的胶卷塞满了我的挎包。开学时，拿去涪陵一家照相馆冲洗，结果一半是废片。还好，也有几张漂亮的。老板给我讲，什么光圈、快门，怎样利用天气，等等，是他给我上了第一堂摄影课。

非常幸运的是我毕业之后来到了龚滩古镇。在我眼里，奔腾的乌江、峡谷里的飞云，还有这千年依于崖壁，制造了若干传奇故事的古镇，不正是我梦里追寻的美丽山水吗？

从 1991 年起，在教学的空当里，我便用相机记录古镇，我也用诗歌描述古镇，那些倾斜的木柱，还有那些从贵州来古镇上卖柴的山民。他们那苦涩且满是皱纹的脸，记在我的相机里，也印在我酸酸的心中。百里之外的山岭那边，我的父母亲也是脸朝黄土背朝天地过着这样的日子。照片，好的照片，反映人民真实生活的照片，给人一种感动的力量，我想，那应该是艺术。

我看着照片，看着武陵山起伏的山峦，看着山坳上那若隐若现的人家和炊烟，我是深深地爱着这些起伏的山峦，和她们孕育的大山人家。

我用相机记录着生活、记录着时代。

后来，因不同的工作，无聊的琐事，竟让我的镜头封存了很长一段时间。当我重新拿起相机的时候，人们早已进入了数码时代，拿起 5D3 来，竟像抱了一个外星人一样陌生，我只知道里面有无数的秘密。经过一段时间的请教和摸索，居然还有了几张自己较为满意的照片。加上参加了北京摄影函授学院的学习，和同行在一起早出晚归，那段时间我颇有收获。我想，我必须加倍努力工作，追回十多年浪费的时间。于是，我在山岭上有日出的日子，总要跑在太阳的前面，用脚步来和山峦比高，用学习来不断地加强审美感受。很久没有关注的夜空，也重新进入了我的镜头。

岁月给我的恩惠实在太多，美丽的风景给我的诱惑也实在太大。

在山顶上等待日出的日子，我就像母亲等待出世的婴孩般，既痛苦又幸福着，这也许才是真正的人生。为了寻找照笔架山全景的最佳机位，当地农民彭达炳，放下自家的农活不干，拿着柴刀就上山，给我开路，拉着我的手攀爬山崖。这样的日子，我认识了很多淳朴的朋友。你看那霸王谷边的冯自，一脸乌江汉子的风采，听说我要给他整张好看的霸王谷照片，嘿嘿一笑，放下公司的活路，陪我。在他眼里，我是艺术家，崇高和伟大。在乌江的悬崖上，给我背背包，拿三脚架。

北京摄影函授学院的成卫东老师讲，摄影就是拿钱买寿命。这个道理，给外人讲，拐弯抹角讲半天可能讲不伸抖。可是在摄影家们眼里不说也明白。有了相机，再有了你喜爱的风景，你能不去吗？这一去，就是一路的锻炼、一路的欣赏。镜头里净是你喜欢的图片，这不叫幸福还能叫什么？

有位诗人说过：

为什么我的眼里常含泪水？

因为我对这土地爱得深沉……

也许有一天，我会跪在苍天之下，感谢上苍给我的生命和风景。

哈尼田园

要深读一个村庄的历史，最好去看看他们的田园。

在元阳、在哈尼、在多依树和老虎嘴，梯田就像村庄的眼睛，一眨一眨地，在向日月微笑。斜流的小溪在村庄里转了几圈，就在田里睡着躺着浸泡着，千百年来，流露着欢乐和忧伤的泪花，和村庄一起欢乐着、忧伤着。

那些山寨的名字不重要了，守门检票的小唐给我讲了半天。河谷、山腰、山顶住了不同的民族，我觉得这也不重要了。我好奇的是，在哀牢山的茫茫山岭中，从有第一户人家开始，他们怎样在这陡峭的山崖开始雕刻与自己生息攸关的梯田。

一个精明的小伙带我们去看悬崖梯田。经过了一个寨子，一股泉水从寨子后面的山上流下来，先在村庄里小心地流着，满足了各家的灶台的烧煮，喂饱了各家的猪牛之后，漫不经心地流向屋角田园。在太阳的照耀下反着光亮，顺便映射了天空的颜色和飘移的云彩。要不是有田坎的隔断，要不是田坎有了古树的影子，要不是村庄相依在田的边缘上，我简直怀疑大地就是剔透的天空。

村庄里，正遇一位老农和他的孩子们在吃早饭，他向我们热情地打过招呼，碗里满满的彩色的米饭微微冒着热气，那米香随热气飘逸。

我才想起导游先前说过，哀牢山的人们是怎样训种原始的野生水稻，是怎样年复一年地在这布满了水田的悬崖边和日月一起创造出了这般伟大的奇迹！

院子里的水牛懒懒地将头侧过来，鸡们在背上找食虫子，小孩们追着牛儿到处乱跑，老牛哞哞地发出呼声，算是叫小牛回来。不一会儿，老农碗里的饭就没了，我打量着他黝黑的脸和脸上微微显露的皱纹，和这旁边的水牛，这定是一对先天组合，他们是弄田翻耕的好手。在哀牢山中，水牛和男人应该是山崖上主要的舞者，村庄和田园是他们主要的舞台。

我们打村庄穿过，到了悬崖边上，就是小伙子说的，可以看悬崖梯田了。

远空中早有了变幻的云雾，山脚的岭脊上依稀有金黄的村寨。梯田从我们脚下的山坡陡陡地脱落下去，一直去了远村的山谷，田块才开始宽起来，淡淡地，在薄雾的透视里反射幽蓝的天光。我仿佛看见一根蓝色的带子在山坡上缠绕，我惊呼她的原始作者们才是人类真正伟大的艺术家。在这里，你必然会从心理上漠视我们那些在厅室里忙于艺术创作的所谓大师。这里的人们，不光在茫茫的大山里，用智慧和执着的双手开凿完美的版画般的梯田，他们更是将村庄创造得如诗歌般抒情。所谓的田园人家正是这种完美的造型：在梯田中间摆列一个村落，就已经将人类与自然的关系完美地展示了，这村庄又将田埂与山崖上另一个村庄弯弯地连接着，这田埂上分明写着村庄与村庄的婚姻、村庄与村庄的血缘！

随着夕阳西下，炊烟就从远远近近的村庄向田地的上空延伸，巧妙地遮了夕阳，使阳光变成了一束束射线，在水中涂鸦般移动。

老虎嘴的西南角，梯田的造型俨然一匹飞奔的骏马，聚力的头颅、紧缩的蹄影，昂扬的身躯，让我忘记了自己是梯田的观赏者，恍惚间，有与时光一起飞奔的感觉。炊烟在夕阳的光斑下，将骏马装点得异常漂亮。

古树遮了老木屋

桐木园可能是有桐子树，但现在遮挡村庄的是百十棵核桃古树。她们的枝丫在空中轻轻一盘展，瓦片上，院坝上，甚至木屋与木屋之间的小道上都布满了核桃树诗意般的影子。那些在古树下终年不得阳光暴晒的石头，就只有歪歪地、斜斜地长些古怪的模样，棱角不算分明，有气无力地，或堵了小道顺向，或将竹林绕成一处。也有想和村人对话的石头，不知什么年月，就把自己尖尖的一角伸到某户的水缸边，或是猪圈的边角上。总之，和房屋紧紧地连在一起，共同守望着悠长的岁月，无边的风雨。从村中的任何一处望去，物态尚不单独，皆是树木叶枝，村庄的黑瓦，长满青苔的怪形石头，各自杂混着进了我的眼帘。这种混合恰是我需要的养心养眼的图景。

桐木园几十户人家，在上百棵古树的紧密庇护下，活出了舒心的意味。我们进了村庄的一户院坝，八十多岁的男主人在烟管里塞满烟丝，烟雾就从他嘴巴的一边冒出，升过鼻梁，漫过头顶，不见了。然后他从嘴巴里取出几寸长的小烟杆，笑眯眯地坐在屋檐坎上给我们讲村庄的故事。

寨子在这山梁上历经四百多年风雨，脚下群峰秀拥，早晚云雾升腾，把远处的龙头山搞得若隐若现，让村庄和远山彼此有个欣赏。老人指着院坝边一棵老得有裂痕的核桃树，说它已有四百多年的历史了。我猜想，整个村庄及村庄的古树怕是从这里延伸开去的，多一处房屋，增了一缕炊烟，多一棵古树，多扩了一处风水。

他的老伴在吊脚楼上激动得像个孩子，时时打断老人的讲述，安插几句不同的说法，动情时给我们唱起了山歌：

神仙住在桐木园，
一年四季当过年。
山头长满洋芋宝，
树上核桃卖钱钱。
……

说起洋芋宝，我的鼻子一下子闻到了腊猪油炕新洋芋的浓香。原来，我们一进寨子，热情的村民争着要给我们煮饭吃。我们有个好吃妹崽崽干脆直言，向老人家讲了吃洋芋的事情，这时的我正在几棵古树之间忙着拍照片，不知她们对话的原委。这洋芋的香味让我停止了采访，径直来到灶屋，来到锅边，伸手就要到锅里，老人赶紧说：

"乖，等哈。"还没等我将手缩回，就弄得一屋宾主哈哈大笑。透过灶屋木格的窗户，一束淡淡的天光正好照在锅里，和满屋的笑声应和着。门外翠绿的核桃枝丫结了硕垂的果实，一枝枝摇晃着，像要伸进门来的样子，不知是听了笑声，还是闻到了香味。这阵时光，村里七八十岁的十个老人都来看我们，挤了满满的一屋。都争着给我们讲他们的村庄，他们的故事。可是我是无心听的，看着锅里金黄的洋芋，听见油炸洋芋的吱吱声响。

傍晚时分，古树林里传来了悠扬的二胡声，我们寻声而去，那长满青苔的石头边，一位老人雕塑般坐在核桃树下，神情悠然地拉二胡，三五个小孩围着，黄狗也装模作样地坐在旁边。我们一到，黄狗只是侧过头来看了我们一眼，然后还是要听它的音乐。多好的图景，这是我遇到的最美的一场乡村音乐会。

树枝间有小鸟轻飞，反复关注尚未成熟的果实。就如我们，且走且看，一个个不想离开村庄的样子。

瞿家盖的春天

　　车田的瞿家盖与天龙山遥遥相望，连绵的山岭之间，有一条蜿蜒曲折的羊肠小道从山脚向大山顶上延伸，一直到贫困户瞿国现家门前。这条小道，是世代以来，居住在这大山顶上的人家通往山脚的唯一要道。瞿国现指着竹林那边的山林讲，几十年前，这上面有很多人居住，集中做活路时，能集中四十多个劳动力。后来，因为这里的自然条件极为恶劣，山高林密，土地稀少，常有各种野兽出没，种的庄稼还没到收获时节，就被野猪等动物收拾得一干二净。再加上出行极为不便，缺电缺水，其他人家都陆续迁到了山下居住，随着时间的推移，而今只剩瞿国现一家人在上面居住。严格地讲，他不是居住，政府精准扶贫以来，已帮助他在车田政府附近修建了平房。因为他家养了牛、猪，还有蜜蜂，还必须有人在上面看守才行。于是瞿国现一家就成了名副其实的瞿家盖现在的主人。

　　瞿国现本不是我联系的贫困户，因为一个精准扶贫的拍摄计划，他是我选定的对象之一。3月12日，我便随了联系他家帮扶的干部陈贵江一行四人再次走上瞿家盖瞿国现居住的地方。我们一路从梨子坪走向林区坎坷不平的山路，路过一些沟谷，翻过两个山坳，便见一片开阔的山坡。挖掘机正在忙碌地打理这片土地，土边立了一块宽大的蓝色项目公示牌。原来，这荒凉的山坡和土地已被一家公司流转，正在推进大型的产业项目。山林里已被初开了一条公路的痕迹，山岭那边正有挖掘机铿锵地响，从那声音听得出，正在加紧建设这条产业公路。森林里，偶有兰草飘逸的清香，一些树已开出了美丽的花簇，迎接春天的到来。平整的黄土上也栽上了不知名的苗木，枝头茸茸地冒着新芽，瞿家盖春天的脚步确实是近了。

农网电力改造新架设的电线基本在我们行走的小道上空顺势延伸，我们走到瞿国现门前的地方，见初有痕迹的公路就开挖到此，电线就架到他的房屋为止。门前的坝子上，摆有几个大小不一的水盆。黑色的管子向盆里流着山泉，盆水荡漾着不很分明的水波，他家蓝色的屋顶倒映在水中有些小小的晃动。这房屋显然不是我去年来所见的处所，瞿国现正在他的菜地里翻挖新土，见我们到来，三步并作两步赶上来，一边搓着手上的泥巴，一边推开虚掩的木门，拿出凳子来让我们坐下。我说你的老房子怎么移了位置，瞿国现告诉我们，政府有宅基地复垦的政策，因为他在街上有住房，就响应政策复垦了。眼前这个临时住处是他在这上面看管牲口的临时生产用房。我再去他的老宅一看，古树和竹林之间，果然只剩下一片土地。年近六十岁的瞿国现越讲越激动。他反复讲述着现在国家政策的好，他说："你看嘛，国家这么远给我把电线拉到屋头来了，公路修到坝子来了，修房子有补助，水管整到屋头来，我这旁边的土地公司马上要来流转了，你们县上的领导和村上的干部也经常来关心我。这么远的山路，这么陡的坡坡，你看，这两个妹怕是脚都走痛了。"事实上是这样，回来的时候，几位女同胞，在山林里挂着拐杖才下了山。陈贵江叫瞿国现拿来扶贫手册，要填写这个月的相关内容。老瞿故意前言不搭后语地不肯，原来他是下了决心要留我们吃点东西，我看到他在菜地扯葱子的姿势。每次我们上山，他都苦留我们吃东西，我们怕麻烦他，每次都推了，说有其他的贫困户在等着我们，但这次看来是推不了的，他不拿扶贫手册出来，我们没有办法，只好将计就计，因为我们帮扶干部按规定要在贫困户家里蹲点帮扶，必须吃饭，只是必须算账给钱。我们几位互换眼神，就在他家吃吧，最后给他点钱，也算我们的心意。

瞿国现的妻子赶场从山脚回来，走得满脸是汗，她是要赶在我们之前，去买水果来招待我们，只是我们比她先到。她回来，责怪丈夫给我们做得太简单，只煮了几个鸡蛋，于是把捡回来的茶菌煮起。我们吃时，她站在身后，一脸幸福地微笑。

2018 年 4 月

合理岁月

　　师范毕业的时候，我被分配到合理中心校。那地方是极偏僻的，后来撤区并乡，合理乡政府就被撤了，但是我当年工作过的学校却比原来建得好了。

　　刚到合理中心校的时候，学校全是危房木楼，教室也差，我教学生的第一堂课是在榨油坊里开始的，我们把黑板靠在大石碾子上，黄土地面极不平整，学生的书桌也是从自己家里带来的，长短不一，高低也不一，初一56个学生前前后后坐着，像现代乐团的演出现场。孩子都来自贫穷的家里，黄皮寡瘦的，张庭福教数理化，我教语文、历史、地理和英语。

　　那时的合理乡场，没几户人家，更没有餐馆，学校里请了一个姓庹的师傅煮饭，每到星期五放学他就回去种地去了，我们十几个老师没有吃饭的地方，就三五成群到学生家里去家访，实际上就是去混饭吃。家长们都很淳朴，很乐意接待我们这些"脱产干部"。春天，村庄里，百花吐艳，青菜地、大蒜地里一派春意盎然，加上村庄里鸡鸣狗吠的彼此呼应，有时正遇家长在自家屋后翻耕田土，见学生带着几位老师回来，分外高兴，停了犁耙，忙带些新鲜的菜叶，给我们煮些

好吃的。我们越吃越香，连声感谢后，家长硬要让我们带些葱子蒜叶回学校。

夕阳西下，群山连着沟壑，村庄点缀其间，我们一路归来，平添了许多快乐。要是学生家里有很美的姐姐，那么一路上，总有许多话题与她们有关。

每到开学之时，许多熟悉的家长，就要找我们为学生赊书垫学费。我们总要从自己微薄的工资里垫几百块钱出来，我们也晓得有些家长的钱是永远收不回的，即使这样，也乐意垫着。回想起自己在读书时，也是欠了东家或西家的钱的。

张庭福不久就在彭水的一个单位找了女朋友。当时到彭水县城，交通极不方便，几天一班车，他随车来上几天课，又跑几天，害死个人，多数时间弄得我包打包唱。更让我嫉妒的是，他把女朋友带来学校。有段时间，那家伙不认真教书，不是谈恋爱就是打牌，彭水那种点子牌，天地人和那种，他整几个通宵后，往讲台上一站，本来是喊上课，结果脱口而出：哪个的庄！弄得学生哄堂大笑，被学生传到毕业。我工作过的几个地方，都说有这种老师。我敢肯定，原版绝对是张老师的。他讲课讲得好，学生们也佩服。

合理在高山上，一到热天，动不动就缺水，我们几个老师，就到野外的岩洼洼头去找点脏水，费九牛二虎之力，荡着荡着提回学校，洗衣煮饭。我们男老师找水，女老师煮饭，分工明确。

后来，学校挣到一笔款，就开始修教学楼，包工头是火

炉的罗二，为了按时结账，就买白酒去请总务室主任喝，当
然我们也参加了，罗二"饮少则醉"，稀里糊涂地就把满桌
子饭菜搞脏，老师们在笑声中散伙，又去上课。我们教那班
学生，到毕业时居然还剩三十三个，创了历史纪录，还预考
起了一个师范。一般情况是，五十几个学生毕业只剩四五个人。
至今我回合理，家长们都还说我和张庭福教书硬是搞得。

又来车田看乡村

车田这方山水，于我已不陌生，从在报社工作时，单位联系车田的小寨村，到今天，作为深度贫困乡的车田，我们的海峰部长是联系车田的县领导，县委宣传部又联系车田村，单位职工就理所当然地联系了车田村的许多贫困户，于是我有了联系车田村五户贫困户的机会。这次来车田这个深度贫困乡了解扶贫故事，面对这里的山岭沟谷，我脑子里装满太多的印象。

十多年前，因为联系车田的一个村，我们便隔一段时间要来一趟车田。我印象中的车田，所到之处几乎是一地凄凉：很多人家低矮的木屋，不是倾斜就是长出了枯草，往往一家房子一头住着上了年岁的老人，另外一头就瓦片掉落，门户紧闭。坝子杂草丛生，猪圈里也少有牛羊。在家的老人佝偻着身躯，或艰难地耕耘在贫瘠的土地上，或是背着沉重的柴火在山路上来回。那时节我常常想起鲁迅的《故乡》！但这里萧条的乡村与鲁迅笔下的乡村有本质上的不同：车田的贫困首先是由于自然条件太差，土地贫瘠，交通不便，使得所有人家的年轻人都迫于生存压力外出务工。时间一长，家里的人渐渐老去，劳动力一缺，土地就渐近荒芜。这光景的轮回，不只是车田，几乎在中国整个西部农村上演。

自从县上将车田定为深度贫困乡，这方山水和人事迎来千载难逢的转运机会。市扶贫集团和县委、县政府在车田掀起了翻天覆地的建设热潮。因为宣传部联系车田，我有幸成为车田扶贫大潮的见证者。

邓小军是市文旅委派驻车田的扶贫干部，他也是在酉阳工作多年的酉阳人。小军一到车田，便将自己的微信号改名"天龙山"。天龙山是酉阳的"标志性建筑"，在车田境内，风景独好，南傲群山，东迎旭日，身后依次逶迤着108座圆阔山丘，像一条巨龙从群山之中劈势而至。但这条巨龙也因为车田的贫困在苍天之下有些自惭！小军易名微信号，无非是下了扶贫的强大决心，要让这条巨龙有颜面地腾飞起来。在他住车田的这段日子里，他和市扶贫集团的其他干部，走遍了车田的山山水水、村村寨寨，普查旅游资源，了解各种情况，给车田的脱贫工作制订了一揽子实在的、可行的计划。以市级旅游度假区为主题的天龙山旅游度假区项目建设正如火如荼地推进，从泔溪进车田的公路改建扩建正全线施工，通村通组公路全部硬化宽至六米五。国家和市委的相关扶贫组织和领导多次来到车田，县委、县政府根据车田扶贫工作推进情况多次召开现场办公会或专题会议，解决实际问题。县委宣传部、县旅游局和规划局等单位联系车田的全体干部职工做到了人人有任务，个个有压力，一个月很多时间都工作生活在这片土地上。一段时间以来，车田真正成了气浪翻涌的热土。乡长田华强在介绍猫头坝的乡村旅游项目改造时，背后正是一个改造猫头坝的热闹场面，新修的房屋和改造的旧房交错相应，美丽的新农村画卷呈现在我们面前。

驻车田村的第一书记彭明涌，也是市公路局的干部，我们每次下村走访，都能在山路上看见他走村串户的身影。他一脸微笑，满脸汗水，对扶贫工作的热情和对贫困户真切的关心感动着我们，我们的辛勤劳动他也看在眼里，快乐在心头。在车田的各条公路上，除了来往的工程车和繁忙的施工现场，时不时会遇见一些熟悉或陌生的面孔，那准是走村串户去扶贫的干部，要么是县委宣传部的，要么是市文旅委的，要不就是市运管局的，当然还有很多干部是县上旅游局、规划局的。

我们一次次来车田，见证着公路建设的不断推进，见证着破旧的木屋一户户地改造好，见证着成片的茶树开花结籽，见证着村民的精神状态一天天地好起来，一种幸福感、成就感在心中涌起。我无法忘记春节期间，宣传部副部长刘仕永带领大家在寨子中与贫困户座谈时其乐融融的场景；我更无法忘记宣传部给患重病的贫困户谭碧英送去慰问金时，她脸上垂落的泪花和那双颤抖不停的手；我也无法忘记我的同事冉志鸿给贫困户潘发明的父亲买药送药的情景，那位气若游丝的老人，居然在她的鼓励和帮助下活过来了；我永远无法忘记同事杨黎民坐在爬坡的车上，车子不听使唤突然下滑的危险瞬间，他跳下车来幽默地对这车子笑道，这点陡坡都上去不了，扶贫的路还长着呢！

清明村第一书记方文是家喻户晓的"双"博士书记，我们见到他时，他正在指导苗营的人们栽培枸杞。我们从清明村的苗营采访归来，已是黑夜时间，车田乡的党委书记田相军正在乡政府坝子等我们，他说农网改造把电停了，七八点钟要来，就在夜色之中站在坝子上给我们介绍了车田的扶贫情况。这时我看见厨房的大姐正用手机的手电筒亮光一手照着，一手给我们炒菜。我们一边闻着菜香，一边听田书记说话。

邓小军将他在车田扶贫的情况发了很多期微信，与贫困户一起工作和生活的这些日子，他自豪地说自己完全成了车田的一分子。晚上，我恰好住到了他居住的那户人家。我们在夜色之中走近人家时，我听坝子传来的声音像他，于是我喊一声"邓书记"，他从夜色中走来，手一握，老粗，我猜想可能是这些日子干了些粗活，他说他也是天黑才和扶贫队长钟贤元从油茶基地下来。我想起来了，白天我们刚去了天龙山油茶基地采访，上百人正在油茶地劳作，这片开着白色花朵的茶树林，像披在天龙山上的一块美丽的画布，薄雾飘逸的天龙山，如在腾飞，林中劳作的人们，不时传来一阵歌声，这歌声和云雾一起飘飞着。我对小军的敬意油然而生，想起了他那叫"天龙山"的微信号。

2018 年 7 月

董家院子

　　董家院子建筑群是老龚滩的重要组成部分，主要包括董家院子、西秦会馆、董氏宗祠和川主庙，还有一村正街的部分老房子。在龚滩兴业的过程中，董家置买的地盘还包括两罾赵天坪、沿岩田家坳炉垉头和清溪秀水的三大坟山。

　　董氏家族不是龚滩的原住民，从明朝初年，董家先辈董仁高受皇上派遣，率200多人马奉旨进乌江伐皇木，到龚滩董家院子成为化石般的水下文物共经历了600余年。这段历史也是龚滩从百十户水岸人家成为乌江岸边十里长街的过程。也是两罾、沿岩、洪渡漫山遍野的金丝楠被砍伐的过程，也是乌江航运从隋唐以来的人力进出到大规模航运兴起的过程。

　　十多年前，龚滩古镇由于乌江电站的修建得以涅槃重生，成了现在风风火火的旅游古镇。旧的董家院子也随整个老龚滩历史的终结而永沉江底，和我们渐行渐远，成为一种记忆。

　　1404年，也就是永乐二年，朱棣皇帝的紫禁城还只是一个庞大的工程计划。他下旨让大批人马到长江沿岸的四川、贵州、湖南等地寻伐皇木，也就是我们现在所说的金丝楠。

董仁高一行奉旨沿乌江上行，到了洪渡对面的桃花，视其江岸荡平，沃土宽广，便卜宅下居，兴建了董家寨。经过二十多年的努力，在广泛普查金丝楠资源的时间里，董仁高也大规模扩田建屋。他的儿子们分别移居到了垢坪（后改为"后坪"）红竹岭、龚滩小镇和沿岩炉宅头。董仁高移居垢坪的儿子董佑泰，一边在洪渡河岸大量为皇上砍伐金丝楠，一边在红竹岭大造宫室，他们仗着皇上的威风，征丁伐民做苦力，先后征役石匠 130 多名，木匠 70 多名，共持续十余年时间，建成庞大的董氏私家宅院。他们对外宣称是奉皇上的旨意，建房规模和速度甚至超过了建设中的紫禁城。更为重要的是皇帝严禁民间用的金丝楠，也被董家用来私盖豪宅。当时董仁高因为伐木有功，受到朱棣嘉奖。赏官至贵州布政司。龚滩，包括酉阳，当时都属于贵州管辖，隶属思州。所以，在董仁高的庇护之下，垢坪董家豪宅只用了短短十多年就建成了。

然而，就在这庞大的建筑群落成之际，董家的灾难也就临近了。

皇上得知董家族人在砍伐皇木的过程中，用金丝楠私建了比紫禁城还大的豪宅。这当然触犯了皇威。但当时贵州在董仁高的管辖之下，而且贵州又是少数民族聚居的地区，为了消除隐患，皇上秘密派出五十名锦衣卫，化装潜入垢坪。在一个月黑风高的夜晚，董氏家族的豪宅在转瞬之间灰飞烟灭，且董家七十多号人被锦衣卫血腥残杀，整个家族毫无征兆便全部惨死于豪宅之中。现在只有一个废旧的建筑遗址，也就是当地人所说的"皇城"。此时，董仁高得知消息，便从贵州府回到垢坪附近，得知垢坪一支儿孙全遭残杀，焦虑中，于贵州洪渡与彭水交界的乌江石堰沱不幸溺亡。董家在炉宅头和龚滩的情况较为良好，未受到这次杀手的攻击。至此，董仁高到龚滩一带伐皇木已有 30 余年的时间。这时的紫禁城因源源不断的金丝楠运达，已初具规模，皇帝陵墓的建设也正常推进。

当年董家的伐木工、纤工、石匠、铁匠等 1300 多人，家就住在从董家祠堂到川主庙一带的正街。若从历史文化的角度来看，说龚滩，是不能不说董家的，也就是龚滩人常说的董家院子。董家院子在老龚滩的正街后面，从西秦会馆的正门进去，穿过厅堂至后门，便可进入董家院子。

董家院子自明清以来，家运亨通，人丁兴旺，不断有人赴外地做官。和许多州县及本地土司都有私密往来，他们砍伐的金丝楠又经过一些大商人的转运到津郊码头，再转运入京，到达紫禁城及陵地施工现场。一时间，阿蓬江沿岸洪渡河周边皆是董家工人伐木的身影。伐木之前，监工先要根据固定尺寸测量木材是否可用，然后做下标记，秋冬时节，将所砍之木，用竹索固定，先去丫枝，根据用料长短截断顶部，再伐其主干木材，用竹索牵引导向指定方位。然后再顺滑至枯水岸，待涨水季节则铳锚加固，顺漂而出乌江。

而真正的龚滩，基本上是一部搬夫兴起的历史，急水险滩定位了这峡谷野水在一千多年前逐渐从两三户到百十户，再到今天的峡谷古镇。里面有说不完的岁月忧伤和斑驳风雨。

隋唐初年，龚滩尚未形成规模，乌江栈道开始从涪陵沿乌江绝壁修到思州，即今天的沿河。是因为龚滩对岸长距离的绝壁栈道工程，在峡谷中集中了大量工匠，近十年的施工过程，使龚滩有了第一批原住民。栈道的修通，让思州到涪陵的水上运输繁忙起来。然而，龚滩的险滩阻断了上下游的通行，进出货物和船只必须在这里中转，于是这批修栈道的匠人就在龚滩定居，做了第一批搬夫。

岁月推移到明朝初年，由于龚滩砍伐的大量金丝楠需要人力导航漂运，通过董家上奏朝廷，皇帝同意对乌江栈道进行加宽扩建，董家组织人力又经过十多年的开凿，形成了今天我们见到的绝壁栈道。龚滩从此迈入了第二个黄金发展期。逐渐形成了有组织有规模的搬运码头，出现了第一块以碑文为存在形式的搬运规章条例 —— 永定成规。大量的人搬迁到龚滩居住，明清时代，龚滩形成了现在老龚滩的规模。这一时期，也是董家院子的鼎盛时期，家中常年在全国各地当差的多达五十多人。陕西商人张钱九就是在清朝初年因贩运货物常住龚滩，并与董家院子的主人们合伙修建了董家待人接物的西秦会馆。清代中叶，董瑞庭做了知州，安排家人修建了董家祠堂，作为家庭祭祀的主要场所，并在两罾、清溪买下了风水坟山，作为董家葬地。

中华人民共和国成立前，贺龙的部队三过龚滩，董家多次给部队提供住宿，医药等保障。但这时的董家已失去了先前的辉煌，从教和从医成了董家主人们的主要职业，他们创办了"酉西书院"，即今天龚滩中学的前身。中华人民共和国成立后，董家院子被政府征用，董家主人移居到了当年长工居住的临街的木房子。现存的一块明朝皇帝赐的"光前裕后"匾还在移居后的董家房屋的楼上，也已粉烂，但其印章和内容依稀可辨。当然，族谱和墓碑记录的家族史是永恒清晰的。

桃坡抑或陶坡

桃坡这块土地，有太多的谜团没有解开。

那水滨或山岭上偶尔遇到的陶片不知源于什么时代，这个叫桃坡的地方只是中华人民共和国成立后才定的名字。自古以来，它一直叫陶坡，也许曾经这沟谷两岸的人家多以制陶为生。这里是全国有名的丹霞地貌，河谷中有制陶必需的白色粘泥，水源方便，是天然的制陶基地。现在村庄中的老人还能回忆起先前陶坡人大量运送陶瓷制品到周边各地出售的故事。所以，后文我只能称其为陶坡了。

说陶坡，一定要考量这些远古的人工洞穴。现存 66 个洞穴，大小和形状基本一样，而且位置都在丹霞悬崖底下，离水边不远，但又能确保特大洪水不至于淹到洞穴的位置。目前有两派观点，一派认为这些是远古人类居住用的洞穴，一派认为是放棺材的墓穴。我比较赞同第一种观点。陶坡离乌江入口十多公里，这里最初的人口极有可能来自乌江沿岸的其他地方，要么这里本身就是人类的起源地之一。这里山水畅和，土地肥沃，天然适合人类居住。现在沿河两岸居住的人家也是普遍富有，而且人才辈出。他们自古以来，在河谷两岸开挖的田园、栽培的柑橘桃林，自成人类居住的美丽风景，这也许是当今人们称这里为桃坡的直接原因。这些洞穴一般三五个相邻，里面有五六平方米见方，高约两米，洞门呈长方形，比现在建筑的门略小。里面顶面有被烟熏的痕迹，少量洞穴存有土灶。

据村民估计，开凿一个洞穴，靠男人们集体劳动，三五个人至少半年之久才能凿成。开门入室，要向两边拓宽各一米左右，然后再按这个宽度平凿近三米。地面平，顶部为穹顶。由于岁月太久，凿印已经风化。每个洞穴离地面一米至三米之间，要靠木梯才能顺利进出。

陶坡的人类居住历史大约分为三个阶段：远古阶段、苗迁阶段、湖广填四川赶苗后阶段。陶坡的洞穴主要是远古人类居住的场所。他们临水而居，捕鱼和种植，制陶应该是远古人类主要的生产内容之一。村民在洞穴附近的土中，偶尔能翻挖出陶片杂土。蚩尤战败，部落整体南迁，逐渐占据了西南各地。陶坡的古人被蚩尤苗族部落战逐而亡，蚩尤苗族由此成了武陵山区包括陶坡的主人。一直延续到清朝政府组织大量人口入川，即历史上有名的"湖广填四川"。现在陶坡山岭上还有很多苗坟，由大石墩子扣砌而成，有二至三个墓室。汉族的墓葬风俗沿承了湖南江西等地的规矩，有明显的风水流派。而这些现存的苗坟就成为历史的印迹。

陶坡的阳戏，如化石般珍贵。这种阳戏起源于唐代，早先从河南传入，在陶坡发扬光大，后传到小岗、宜居、铜鼓等地，成了一个影响力较大的地方文化活动。

陶坡现在还有完整的阳戏班子，固定的堂所，规范的演出内容，严肃的传承礼仪。演出一套完整的阳戏内容要三天三夜。阳戏的主要功能是还愿祈福。

陶坡的小河源于宜居，所以人们习惯称其为宜居河。但这条小河只有到了陶坡一带才有了风景。丹霞河谷，洞穴人家，九曲连环，两岸竹林橘树。到了一个叫"一两丝"的地方，才开阔起来。河流至"一两丝"，形成幽幽深潭，一两丝线尚不到底，又岸临悬崖，莫不教人胆惶心恐。不过现已人口稠密，路桥通达，少了几分幽森。

陶坡村属小河镇辖，村主任陈长波看着陶坡的优势，畅想着未来乡村旅游的兴起。因为在陶坡所在地，酉（阳）彭（水）高速接口就在陶坡河上游山间，正好是河谷漂流的起点，终点就是丹霞地貌奇观，两岸有古人类洞穴遗址，他们还可以建造古陶展览馆，向人们演绎阳戏的经典戏情。

表妹唯唯

桃源秘境，摄影家的天堂

　　世界上有两个桃花源，一个在你心中，一个在重庆酉阳。酉阳桃花源正是陶渊明笔下的桃花源的原型。渔舟唱晚的武陵河谷、变化莫测的梯田风光、原生态的土家村寨，莫不是摄影人梦寐以求的天堂。桃花源深藏在重庆渝东南一角，尚未被外人熟知，在这片神奇的土地上，演绎着太多的民宿场景、定格着太多的风光场面。

神秘桃源，秦晋诗意的述说

　　我们穿过"初极狭，才通人"的时光隧道，就进入了桃花源最核心的部分 —— 美丽的古桃源。

　　三月桃花如流水，落红常伴彩云天。古桃源里，蕴藏着丰富的民宿文化，一步一景，四季风光旖旎。春天，桃红柳绿菜花黄，惠风和畅，农人衣着古朴，耕牛们忙碌着。夏日荷花摇曳，含羞绽放。蜻蜓栖稻枝，灰蝉饮叶露，薄雾淡然。秋时，万山红遍，层林尽染，偶有渔翁驾一叶小舟漫游美池湖涧。放眼田园，一派秋收的金色尽收眼底，稻穗的清香弥漫在透彻的空中。经常有来自世界各地的摄影师在古桃源的某个角落一天一天静静地守望着，记录着。白雪笼盖的冬日桃源，更像一本岁月的古书。房屋的黑瓦被白雪写意着，一块一块的，在青翠的竹林间静默着，让小湖的雾气浸泡着。冬天的桃源没有寒冷，只有满目抒情的画卷。

酉州古城，土家文化的演绎

酉州古城是一座内涵丰富的土家建筑艺术博物馆，楼台亭榭，在群山之中高低起伏，婉转悠扬，像一首动人的土家族歌谣，在桃花源洞口历尽沧桑。它记载着土司制度的历史蝶变，它演绎着土家民族的民俗文化。桃花源广场和桃源大舞台是两个巨大的土家文化展示厅。酉州古城和龚滩古镇、龙潭古镇相互呼应，沧桑的古盐道将三座古城连成一体。桃花源书院和各类艺术展览馆间岔排列，是中国古城建筑摄影的首选。

花田梯田，武陵山的版画

地处桃花源外景的花田梯田，在世界美丽的梯田家族里榜上有名，是中国"十大最美梯田"之一。花田梯田优美的旋律感吸引着远远近近的摄影爱好者。风情浓郁的苗岭山寨，起伏优美的小山丘常年在薄雾的笼罩下，若隐若现，层次分明，展示着武陵山区仙境般的田园风光，是古桃源山寨田园的诗意扩展。花田最美的时节首推稻穗成熟的金色秋天、白雪覆盖的诗意田园和插秧之前的水天世界。村寨保留着土家族原生态的摆手舞和苗岭悠扬婉转的山歌民歌。醉人的蓝天白云倒映在静静的水田之中，田埂旋律舒缓有序，画面天成。美丽的日出会将田园染得一片金光，水天淡然相接。花田之夜，月光清幽，薄雾初成，远近蛙声一片，此起彼伏。村庄若隐若现的灯火连同漫天的星星，形成了万籁的交响。

花田之恋

我真正发现稻田之美是在今年的秋天，真正将一把金灿灿的稻穗握在手心、贴在唇边、赏在心里，也是在今年秋天。

我和她来到花田的时候，是一个秋日的下午，夕阳开始红着脸躲向西边的天涯，村子周围起伏的稻田在夕阳的涂抹中显得更加金黄。我们在田埂上行走，心情一如金色的稻谷，有些沉淀、更有些惊喜，我禁不住在心里呼喊：久违了，金色的稻穗！

这些年的奔忙，让我早已忘记了秋天，当然还有其他的季节，任凭简单的岁月在指间轻轻地溜走。顺着她的手指望去，黄澄澄的稻穗惬意地躺在稻田的臂弯里，向我展示着饱含着成熟和幸福的颗粒。

倏地，我的脑海里闪过一个念头 —— 我多想投入稻田的怀抱，一任他人赏我。在她的相邀下，我们坐了下来，三两个牧童伴着夕阳的余晖走在田埂上，日落而息的农人踩着满是稻香的泥土一路走来，喜悦写在脸上。也许我们也正成为他们眼角的一抹风景，我低头想，随他去吧，这样也不错。

或许，美在于色彩，倘若华丽的色彩接连不断地在你眼前展现着，流动着，你要倾听色彩带来的曼妙音律吗？也许正是源于稻穗的美吧。我是被秋这个季节倾倒了。轻轻摘下一串稻穗，小心翼翼地捧在手中，很认真地掂量起它的分量。感觉有点沉，就是说不出它到底有多重。

她说，用你的手指抚摸一下它吧，你会听到它给你捎来的悄悄话。我不信，让她先摸。于是她闭上双眼，一副陶醉的样子，好像一颗成熟的稻粒！

丰收的秋给了我一个美丽的舞台，我就得在这舞台上尽情地舞蹈，否则真是辜负了秋的厚望。即使没有斑斓的灯光，唯美的音乐，靓丽的背景，喝彩的掌声。我喜欢这恬静的村落、勤劳的农人、静谧的夜晚、昏黄的灯光……我很虔诚，像叩拜神灵，双手合十，轻轻地把稻穗放在手心，让它的温度慢慢地融入我的整个身体，和血液融在一起。它的魅力果然慢慢彰显。我听见它捎给我的话了。

爱上那金色的稻穗，只为那抹金黄，一种丰收的喜悦，一种孕育丰收的艰辛。

晨 曲

　　我站在红阳这高高的山岭上，一边是喷薄而出的金色阳光，一边是晨风带着的薄雾向岭下的山心流去，积成白色的云海 —— 我脚下的茶山像一艘大船在海里航游。

　　这金光向我扑来的时候，我未能躲闪。更无奈的是我面前这一茬一茬的嫩芽，像是只穿了睡衣的女子，刚从绿色的床单上慢慢醒来，在风中轻动了叶尖，又被这多情的阳光照得通体透亮，甚至微微的瑕斑都不经意地露在我面前。两片嫩叶之间，毛茸茸地想长出又一尖新芽。我想，恐怕是等不及那一天的。你看，山下采茶的小姑娘，挎了竹篮，打打闹闹地从晨雾里上来了，看不清人影，只在山岭间，晨雾里荡漾着她们的笑声。笼罩在光影里的嫩芽们有些欣喜，也带了一丝忧伤。它们知道，山下的白房子里，许多台机器正在等着烘烤它们。我也不知该赞美谁，痛骂谁。姑娘呀！机器呀！芽儿们！这就是你们的宿命。此后，你们将在沸腾的水里舞蹈，变成缕缕茶香。

　　终于看清走出了浓雾的姑娘们。她们的腰围上、竹篼里已经有了茶叶。瞬间，她们便从茶岭的小路上分散开去，随了茶梯的韵律，欢快的声音在茶岭上散落一地。不知是采茶人的笑声还是她们带着雾气的脚步，惊动了茶簇下的野鸡，粗糙地叫两声，箭一般地飞了起来，去了另一边的山岭。惊得采茶的人后退了两步，和着野鸡的叫声惊呼着。采茶的歌舞好像是从这时开始的。

姑娘们有的在岭脊上行走，有的缠绵在山腰，歌谣般微微颤动，画稿般徐徐延展。手指偶尔触碰了鸟窝，姑娘们将白色或麻麻的小蛋拿到嘴边闻一下，像吻着初生的孩儿，又放回了窝里。低空中翻飞的鸟们很想回来探望它们的蛋，叫着、吵着、追赶着，姑娘们不听，依然笑着、唱着、应和着。

晨光照耀下的茶山就这般不平静。

故乡的眼睛

猫儿在阳光下打滚，仰卧着，露出白毛的肚皮，然后趴在地上看着我，一双眼睛像两颗玉石。

狗使劲地摇着尾巴，向我仰望，水灵灵的双眼充满讨好之意。

我双手摸它，它舔了舔我的手指，又转到彩虹后面，扯起她的裤脚来，用力拉，以表达对主人的亲近。

母牛被拴在牛圈里，小牛自由地在圈门外晃悠，狗也去追，猫也去赶，小牛连踢带跑转着圈，母牛"哞"地叫唤两声，算是给小牛打招呼，叫它注意安全，瞪着两个大眼珠直视事态的进展。母亲喊吃早饭了，灰狗三步并作两步向屋子的方向跑去，小牛转过头来失意地望着它。

母亲给鸡们撒了一把谷粒，飞奔而来的公鸡和它的母鸡们，三下五除二啄个精光，又围到母亲脚边，摇头晃脑地讨吃的。母亲假意憎道，背时老鹰叼的，还要吃好多？说着，一把谷粒又撒了过去，天雨一般。公鸡为了讨好一只母鸡，呷着谷粒，斜拉开翅膀，蹬起一只脚向母鸡靠了过去，小眼珠冒着浓浓的爱意。

　　在远离故乡的日子，故乡那一双双眼睛注视着我，让我感觉须臾不曾远离。

我旁观着故乡

这个五一，我回老家，看父母劳动。

母亲本已年高，我早劝她不要喂猪了。过年时她答应了，可这次回去，看见她喂的猪已有五卡长了，她说差不多一百斤，等我们过年回来就三百斤了。我看着她跛着脚提着猪食桶一拐一拐地向猪圈走去，我跟上去打开圈门，帮助她倒了食子。她笑着问我，这猪儿还好看哈？

兄弟买了几千只小鸡，父亲正为他编拦鸡的竹篱笆，还有装鸡的笼子。我笑他篾条穿错了，他说老喽，眼睛花喽。父亲当年是远近闻名的篾匠，差不多方圆几十里的村庄都有他打成的晒席。他年轻时常自豪地说，我走了两省四县，打了上千铺的晒席。但我现在看他年老的样子，体力远不如从前了。

小侄女黄秋原今年十岁，上小学四年级，成绩还好。她爸爸在浙江打工，妈妈怀着孩子，不能劳动，才十岁的她不得不在这五一期间，帮家里栽苞谷苗。今天早上，我和父母亲在大坎子栽苞谷苗，对面山坡上，小侄女也在栽苞谷苗。在苍茫的天底下，一点点红色的影子移动着。这虽然是一幅绝美的图画，但这幼弱的孩子劳作的身影，让我的心里隐隐作痛。这边，母亲打窝窝，父亲栽苗苗。我知道他们的苦心：想秋收时有几个嫩苞谷，让我回去有烧的。我想帮助母亲打窝窝，她不准，说我打的要不得；我去帮父亲栽苗苗，他也不准，说我栽的活个哪样？看来，故乡这片土地，已经容不下我这个文也文不得、武也武不得的角色。此刻，我才真正感受到我已离开这片土地太久。我手里拿着照相机，却始终不敢对着我的父亲、母亲照相。他们的一举一动已使我泪眼酸楚。七十多岁的老人，十岁的女孩，一起在这块土地上劳作。除了他们，山坡上还有其他劳作的老人和孩子。年轻人都外出打工去了，故乡的土地就这样让老人和孩子耕耘着。很多荒地已无人耕种，每家只是在自家屋角附近的肥土里种一点必需的作物。

故乡这块陌生而又熟悉的土地，一年又一年，一天又一天，和着父母们的汗水，长成一点点微薄的收获。

去也匆匆 来也匆匆

今天终于可以有空写点东西了。从党代会开始，就忙得不亦乐乎，21 日下午开完文森县长主持的会后，以为可以偷偷地回老家了，我就踏上回家过年的路。

这几天雪下得很大，车到半山就因路面打滑而不敢继续前行，我们一家人下车后，6 点过了，天色已晚，我们在积雪很厚的山路上爬行，时而跌倒在雪地里。一个小时后，刚到老家，母亲说，办公室打了几通电话来，叫我立即回电话。其实，我在路上就有不踏实的感觉。果然，办公室的蒋黎非常不情愿地委婉地说，明天，文森县长要主持开会，研究桃花源 5A 级景区对外宣传的方案问题，她说秦部长已经从梁平赶回来。原来秦部长也是刚进家门，又立即返回酉阳了。而且要马上起草外宣方案。我说，我们马上返回。

黑夜中，已经看不清母亲又老了多少，我们草草地吃了一点便饭，母亲只是说了句，唧得浪（那么）忙哟，几年不回来，今晚还坐都没有坐一下。那年也是，回来屋都不进，在水缸跟前转一转就走了。我分明听到了母亲的无奈，不管怎么说，接到这种电话，我是非回酉阳开会不可的，这是工作。

母亲几十年前，尝尽艰辛地送我读书，就是希望我能考个学校，找个工作。而今，我不但有了工作，而且还当了个小小的领导，我是幸运的，我必须努力工作，把领导交办的事情办好。我向母亲说了告别的话，把买回家过年的东西搁好就走了。

山村的狗随着我们在村子里走动，都叫了起来，打破了村庄年夜里的静。父亲和小兄弟拿着手电筒送我们，儿子和他母亲，还有我，又拖着疲惫的身躯走进雪地，山林茫茫，黑黑一片。我的心里酸楚，这几年，我确实因工作也没有回家过年，但我是充实的，只是对不起父母亲，酉阳这几年因为陈勇书记的辛勤工作，发生了翻天覆地的变化，因为我生活在酉阳感到有了尊严。更重要的是，这几年我是和陈勇书记一起过的年，我是幸福的，也是幸运的。自古忠孝不能两全，国家发展了，母亲应该是高兴的。

我们到酉阳已是晚上十一点钟，宣传部的同志们在加班，那夜必须起草四个文件，也在等我回来定夺他们弄的方案，我们一起把相关材料弄好，已经是凌晨四点钟，这是大年夜的前夜。这几年，几乎天天夜夜都是这样过的。母亲可能不知道我们在忙些什么，但她知道我是在为工作干正事，我想她心中一定是理解的，这样她就好受些。

老家是偏僻的，变化不如酉阳大，这些年山村越来越荒凉。回家途中，恰遇读小学时的几个同学，也是我的叔辈，黄世明、黄世成、王天成和黄世林。他们是到林场去领低保，他们和我差不多同年，但显得比我苍老。凭他们身强力壮的样子，怎么会靠吃低保呢？

　　但老家条件差，这些年过去了，都没有富裕起来。差不多整个村庄还是黑压压的一片旧瓦房。那些年，我要是回家过年，还要挨家挨户拜访一下。这几年，酉阳这边太忙，就没有回去，偶尔在电话里得知，一些老人已相继去世，一些小孩也不认得我，大有笑问客从何处来的感觉。我把他们几个叫上车，没走几步，车在雪地里就走不动了。这时天黑了，他们去领低保，我们分开往家里去，本来邀他们正月初一到家里去聚聚，不巧，招呼没打我又返回了酉阳。只有来年回去看看他们，我的乡亲们。

红叶山上有条难走的路

　　去板溪看红叶，只有这几天最好。头周末，恰逢重阳节，便约了几位朋友又登上了这座美丽的山峰。

　　这次登山，于我不在于拍摄红叶，一是陪朋友去看看那漫山遍野我心仪的红叶，更重要的是我须重上山顶，告诉诸峰，我曾经在这山峰之中留下行走的记忆。

　　我重新认真照相是 2015 年夏天的事情。虽然在二十多年前就有了相机，并给学生们照过不少的登记相和合影，但那简单的操作并没有让我对摄影的感觉刻骨铭心。当时，也偶尔弄点诗歌散文什么的。但仔细一想，这些事情都与生计相去甚远，还是认真工作。那样一混近二十年就很快过去了，得到过表面的虚荣，也委屈过自己的内心。这倒好，前几年又回到了我奋斗的原点。上天一开玩笑，我就当了真，开始重新选择我喜欢的事情，那就是写诗和照相。毕竟现在有生活费，不愁吃穿，可以甩开膀子干自己喜欢的事情。那一年的十月，我基本配齐简单的摄影设备，并结识了摄影圈的一大堆朋友。田维祎、赵伦德、秦胜便是几个经常出行的同路人。

　　十月过，红叶便开始红，赵伦德、秦胜和我为了寻找一张红叶图片拍摄的机位，便根据山势分析，往一个从未有人攀爬过的山脊开路前进。那天的艰难，是上天给我上的第一课，好像告诉我，摄影这件事情不是轻而易举就能搞定的。当我今年穿上中摄协的服装再次登上这山峰，显然是有特别的纪念意义。这衣服不是穿给朋友们看的，我没有那么虚荣，你可能不知道，我是第一次穿着这件衣服，来这山上，和红叶碰个面，和大山打个招呼，感谢荆棘丛生的大山，感谢悬崖峭壁陡岭，感谢那一窝把我蜇得左臂胀痛的马蜂。

那次，我们还是做了充分准备的，带了矿泉水、饼干，赵老师随身携带了锋利的砍刀。赵老师说，那机位应该在大山中部的一个平台上。我们初步分析了位置，便径直向板溪后面的密林进发。在荆棘丛中，在密林深处，在没有路的地方，我才知道想走出一条路来，是何等艰难！我们大约折腾了五个小时，但行走不过两公里，一会砍刺，好不容易透开天光，眼前又是悬崖，我们三个人小心攀岩越过，见了红叶，便停下来拍摄资料。一会儿又是陡峭的岭脊，两边都是很陡的高坡，悬而又悬，险而又险。不过漫山的红叶像音韵般起伏，有的在崖边，独独斜生着，点缀着，那自然是一幅很美的画页。秦胜探方位，赵伦德伐木取道，我流着汗水，负重跟进。

下午，太阳偏西，我就浑身乏力，不想再走动，那机位在哪里？我们一脸茫然。但那幅精美的红叶画面清晰地浮现在我们心中：鲜艳的红叶近景，不远处有一座全是红叶的低山，山峰圆润而通体布满红叶，再远处便是数不清的悬崖和山峦，屏幕般层层围着，悬崖上除了裸露的岩石，便星星点点装饰着红叶，山峰峥嵘，逶迤到天际。

多美的一幅画！我们强打精神，彼此鼓励，继续寻找。但时间很快进入了黄昏，山岚青暗，白日西沉。我们只好就近砍了机位，草草拍摄，算是了却上山的心愿。我们三人的脸上、手上都布满刺棘划破的血迹。但我们拍的相片里，都有艰难之中的幸福微笑。

下山是来不及走原路了，我们顺着悬崖的斜边，依红叶枝丫以避险，身体全部着地向下滑动，那时就没有管相机的安全。大山中也有当年人们滑柴度木的痕迹，但早已长满刺草，湿润的泥巴上已积了腐烂的枯叶。我们一边顺滑，一边用手撸开枝藤。最后听到山脚有羊儿叫唤的声音，感觉到文明的人迹已经不远……

第二次艰难的行走是在去年的 10 月 11 日。我们看好了天气，说好去拍有红叶的日出。凌晨 4 点出发，我们的车行驶到悬崖边，被一辆拖重货的坏车阻了去路。天啊，单走公路就要一个小时。但我们深知好的天气不多，拍摄红叶也只有几天时间，我们必须鼓足勇气，赶在太阳出来之前到达拍摄地点。我们拼命地跑，汗水流着，在暮秋的寒风中浑身冒着热气。我们确实匆忙而至，赶在了日出之前，而且那天拍到了红叶云海。战斗力极强的赵老师看见前面有更高的山峰，兴奋地继续前进，大有不登凌绝顶，此生誓不休的气势。

同行者还有吴燕军，我们都去了。那一去，有几件事情不堪回首。一是绝壁难攀，赵伦德老师身体好，爬起陡岩来像只猴子，三下五除二到绝壁顶上。高吼着，声音在山谷中回荡，那种王者之声充满了胜利者的喜悦。所以多次影展影赛他拿大奖自在情理之中。我和吴燕军身体肥胖，爬岩攀壁哪是他的对手？我还好，最终上去了，小吴像斗败的困兽，就赖在悬崖底下的山梁上不走。他说走不动，在下头等我们。二是下来时，在悬崖边上，我胆战心寒，生怕跌落山谷，于是和赵老师分道从另一处树木多的地方下来。不料，在那里惹了蜂窝，马蜂们嘤嘤嗡嗡就追了过来，四五个在我头边，大有置我于死地的架势。我慌忙用衣服包了头脸，直往密林下边滑行滚动。最终只让左臂受伤被蜇了四处，回来肿了十多天就好了。这过程中，我的广角 16-35 就碰坏了。三是回程时，我们计划横山而过，好寻找山外的堰渠平路，结果搞错了方向。我们到了另一个山谷，去时容易回时难。我们又砍开荆棘，艰难前进。终于，吴燕军最后倒在地上不走了。他说今天怕是要死了，我拿了最后剩余的饼干给他，算是救援了小兄弟。

当然那天的照片，还是自我感觉良好的。后来，发表了一些，入围了一些小奖。今年上山，我就再不敢往那悬崖边的高峰去了。

乌江日出

一轮红日天下共，水海苍山各不同。

乌江的红日，是从几声凄厉的猿鸣开始的。

天幕漆黑，我在荔枝峡的绝壁上，准确地说，应该是猴子们上上下下的道路上，等待东山上的奇迹。猴子们或是发现了有人的声响，或是它们自己在绝壁的丫枝上互相打个招呼，总之凄厉而苍凉，那猴子的声音。

脚下渐有了乌江的影子，两岸山崖和绝壁从模糊中可以分辨出一些模样，黑色的天幕只在东边露出一线平平的暗红。

我断定日出是有的，就怕脚下的峡谷缺少云雾。因为整个峡谷一片安静，除了江面上有一点点光亮之外。那光亮可能是渔火，也可能是夜航过路的船灯，远远地，若隐若现的一点点。

潘老师说过，这种地方，一定要先固定三脚架。我一边想一边将摄影包托在三脚架下。此时乌江是我的，绝壁是我的，这些诡异的黎明是我的，唯独我不是我的。

东边的天际，已经有了一大片的红，既不是霞，也不是光，淡淡的红。长溪沟的云雾开始有了表现，像被躲在深谷的汉子抱起甩出的一般，白雾在几秒钟之内，急速而成，匆匆地卷向乌江的峡谷，乌江的上游。我此刻被这场景惊呆了，但不敢激动，我怕坠落在云海之中。一只苍鹰斜刺而去，从我头顶的悬崖上飞出，猴子们索性不叫了，和我一样，在屏住呼吸等待日出。

太阳像出嫁的新娘，山峦像她哭嫁的手帕，半天不露出她性感的脸。云在峡谷中狂舞，兽性大发般，一会儿缠住低矮的山崖，一会儿贴近苍白色的绝壁，狂吻着、挑逗着。时而松，时而紧，一圈一圈地升腾着。我的镜头始终对着日出的山岭，任它们变幻。此时我只是舞台边的看客，我反感它们把乌江遮了个严实；我喜欢，它们是托着太阳的红光了。我的快门响一下，太阳从山那边冒出一点残红。瞬间和渐渐之间，太阳就完成了蜕变，红的圆球，下面离开山沿的瞬间，拖了一点尾巴，也像是热恋的泪滴。

我的镜头在微笑，太阳索性脱去红衣，往山崖一抛，红光四射而漫，圆盘就一块银白，似处子的肌肤，我爱她如此这般。满江的云海也停止了舞蹈，怕是也爱日出的这般模样。

我估计，其他的日出都被人赞美得多了。才被人们忘了乌江这轮红日。今晨，我是拥有了这轮红日的，当然也是乌江的，也是云海和猴子们的。

伸向远方的花簇

三月，走进沙子的李子树林，体验一场花宴的洋溢。

早已吃过沙子的李子，但一直梦想亲赏这满山的花季。可好，这三月的春风把我带到了这里，而且安排了漫山遍野的怒放。

一过李溪的垭口，道路便开始斜向上延伸，盘绕于山坡，次第于山村。这山坡便被李子花的白染了个透，隔了村庄的炊烟望去，除了间或的山林有少许绿色，全是白色的花海。当然，不排除偶有几株桃树，用粉红点缀一下这无边的香雪般的花林。

那树的枝丫早被村人进行了季节性的修剪和保护，树基先是被染了防病的白色，像石灰类的东西，那骄傲而多余的树枝早已被剪断，模糊在林间，为夏天青灰果子的品相做一些准备的工作。这剩下的花枝便是被安排了繁重的任务的——这山村里所有的希望都在这开满花簇的枝条上。所以树们有了这一树白色，既是荣耀，也是责任。

细看这白色，小朵得很，像遥远的星辰，用手指甚至无法摘下满树的任何一朵。但花们一朵紧挨一朵，一枝交错着一枝，包围了整棵树的筋骨，然后才在花心里吐出点点蕊色，虽是金黄，但过于隐小，早被漫山的白色花片挤得无踪。本来瘦细的树枝被花们这样密密地一挤，就硕大起来。蓝天之下，她们努力向上，努力盛开，伸向远方，那欢娱的枝身，让春风都忘了摇曳。我让一个女孩，倚在树下，枝间，想邀几朵花点缀她的飘飘秀发，猛摇枝节，结果是蜜蜂们哗啦啦飞离了花蕊，惊出些吵闹的声音和凌乱影子来。

我曾经赞美村庄依稀的花树，在竹林边，在水井旁，或是菜园的土坎上，有一两株桃树，或三五棵梨树。这景致，再邀出三两个女孩，或一只黄狗，就已经很美了。从没想过，让某一种花，密密麻麻，独放山野，那是怎样的单调呢？今天看来，我是错了。这沙子的李子花，它怒放的是一种气势，孕育的是果实的希望，它并不是村庄的季节装点。它怒放着，是季节的礼赞，应和着十里春风。

假如这沙子的山坡，没了这些白色的花披，该是怎样一种荒凉？是纵横无序的野草？还是满目狰狞的乱石？我要感谢上苍赐给大地的种子，感谢这村庄里辛勤的人们。这世界上，所有的诗歌和图画，都无法和这被人装点的大地媲美。这画卷的起伏，已经让所有的生命栖息和赞美；季节的轮回，已经让秋收冬藏有了更遥远的主题。这一切皆从三月的春风开始，皆从俯仰的劳作开始。沙子之美应该是人们辛勤劳作的结果。

南庄是沙子花海中最美的一段。这里的村庄已从唯美的木屋黑瓦演绎出一幅江南的刺绣。山峦之间，花海之中，一排排若隐若现的屋檐瓦舍，虚雾蒙蒙之中，尽显仙境般迷人，春节之后的山寨更加漂亮，各家各户的大红灯笼和喜庆对联，还留有浓浓的年味，和漫山的花香一混，这南村就远近传出些鸡狗牛鸭的声音来，像在群山中演奏一首和谐的交响乐。白花的舞台，青山的幕景，炊烟升起，又落于大地，像是极早去守候夏天硕枝的果颗。

为了拍一张李花的全景，我从花坡直上，来到山顶，我看到的是人间一幅祥和的画面。高速公路蜿蜒地伸向远方，李子花波浪般从山岭泄向平坝的村庄，村庄在弯曲盘旋的公路旁珍珠般串联。有三三两两的农人在我脚下的土台小锄他们的菜园。

等待夏天，农人们头上这洁白的花簇将变成累累果实，遥遥地伸向山的尽头，伸向远方 ——

龙潭昨夜灯万盏

这文字怎么也开不起头来，要赞美昨夜的媚舒河，越想越怕乱了她的景致。昨夜是中秋，她是娇羞地抢了古镇的风头的，月亮看着她，好像也羞红了脸。

义昌号的女主人给我沏了一杯清茶，约好晚上是要去喝的，可是我在媚舒河那江西潭的半岛上一坐就到三更，直到河面灯影稀消，莲花殆沉。

江西潭让一些上了纪岁的石头从中间突起，为我昨夜做了一个抒情的案头。对岸挑了宫灯的少女少男挤满码头，河灯在月光下，在她们的裙摆面前不断涌开水面，星辉一泻，我就忘记了自己。

夜幕被清月洗过，古镇上房屋的瓦影就显得格外淡雅，联结房子和媚舒河的黄桷树不老，依然像古树的样子剪裁着夜空，让水面顿生了画意。

不一会儿，女孩清脆的笑声就从对面依次传来，洒落在淡无波纹的水面，与河灯一起漫漫流动，我注目漂移的灯影，怕风吹灭了笑声。

不知什么时候，我前面水中的石头边，一对男女静静地拥着，坐着，女孩的红裙先让我误以为是一盏河灯。因为岸上槐树的叶片遮了皓月的光，人约黄昏后，看不清啊。

后来，我沿媚舒河溯源而去，不经意间看见了一座古石桥的影子，月亮将桥石的沧桑全都裸露开来，我背着行囊走着，抚摸着沿岸的石头。静夜里，我感觉到岁月流走的味道。

当我遥望身后水面上的古镇，河面的灯隐隐地亮着，和空中的月混为一湖，薄雾已从水边渐渐升起，像义昌号那杯清茶的雾气。

元宵节又去小龙潭

　　我不知什么缘由，每到中秋节或是元宵节，就爱往龙潭老街上去。

　　中秋和元宵夜，都本是看月亮的好日子，但在龙潭，我是一次也没有看见过那儿的月亮，但节日到了，我还是挤着要去，怕是一种情愫罢了。

　　昨晚又是元宵节，我为了几个特需的镜头，还让黎艳叫上她的好友去当一回模特。但现在想来，龙潭，它情怀深处的美我尚未捡得。

　　它是有历史的，有涵养的，有大户人家背景的，于是它很沧桑，但是这些细节，我是没有弄清楚的，只是茫然地"爱恋"着它，但至今它好像只是笑笑而已。不过，这已经够了，我回读过去写它的文，翻阅过去的旧照，那《轻轻走过九桥溪》的句子，还是很美的，还有《龙潭昨夜灯万盏》，等等。倒是今年的元宵节比往年稍微冷清一些，因为疫情防控的原因，少了政府的大规模组织，没有了众多舞龙和跳花灯的队伍。正是这样，把那些外力组织活动的喧嚣揭去，昨晚的龙潭才露出了它的本真。

龙潭百姓的元宵节，至少有几件事情是必须做的：家家户户吃汤圆就不用说了，放河灯、孔明灯和在自家门前点燃一排排灯苗，让家人的心愿向天空飞去，向河的远处流走，让不顺的往景在灯苗里燃烧，以图重新开始如诗的好日子。

　　我看了，当每户都在门前摆满蜡烛，八九点的时候，整个古镇的老街就亮成了一条金黄的带子，偶尔有提了灯笼走了的或点了小花炮的孩子们在街上追逐，老街就有了灵魂。河的码头，一家人把新年最美的愿望许在孔明灯上，点上它，轻轻一放手，升空了，不多久，黑的夜空点缀着星星般的灯影，近的大，远的小，没有月光的龙潭，这是另一种天景。河面也是一样的，如果不去计较河水夏日暴掠，终年像这样绿色的水皮子表面，都喜庆地漂移着这千盏万盏莲花似的彩灯该多好？再配上河岸上的竹林和古老木屋的影子。

　　我是被码头这景致弄得有些醉意了，竟忘了同行的人们，忘了拍摄的主意。当我的模特大声呼我：黄老师，这水里好多虾子！我一惊醒，才发现，她也自己玩去了。把灯笼贴照在水面，映照着浅水中的虾们。这样看来，美的物类太多，我真不知该赞美谁了。

黄 山

黄山野径漫悠长，怪石千峰十里岗。

云海岸边观佛影，风窗帘外任鸿翔。

白鹅小屋今犹在，帝子丹砂早传扬。

院内未逢温处士，莲花顶上有祥光。

　　黄山，从古到今，无数的名人大儒攀登过，无数的诗词歌赋颂唱过，在初中课文中，老师就讲过黄山的云海温泉，奇松怪石。拜谒黄山成了我多年来的梦想，今年春天，几位摄友一约成行，终于上了黄山。但黄山归来，始终没有写成文字，一是因为"崔颢题诗在上头"，前人梦笔生花，早将黄山的大美写尽。而且我们是坐索道上去的，一点艰难和惊险都没有，在索道上远望，绝壁上隐约可见古老的登山石级，我们今天的人算什么登山者？就算你上了莲花峰，在山顶高呼"山高我为峰"，与远古的先人们比起来，还是很惭愧的。

　　但毕竟去了一趟，还是应该记录一下，好在我辈无名，应该不伤先贤之雅。

　　人说"无限风光在险峰"，从陡峭的绝壁登临莲花峰的过程，真有此感。莲花峰是黄山的最高峰，海拔 1868 米，绝壁如削，辛勤的工人们冒着生命危险，在绝壁上开凿了一条登峰险道，上行者须手附身旁石壁或胸前石级，后者仰望前者，只见脚跟部分，前者反观，亦只见来者头顶，此途艰险，不容登者退缩，因险道只容一人通过，故，你只要决定攀登莲花峰，就必须走完这段属于自己的人生旅程。没有任何人可以帮你，但是因为游人众多，相互鼓励一下，还是可以的。登山队伍中，不乏七八十岁的老者，他们累了，就坐在石坎上放着音乐，休息一下，对大家都有助力的作用。这时回首迎客松和天都峰，就远在山脚下了。登上峰顶，此时正好太阳周围出现了美丽的晕圈，大家齐呼：看见佛光了！我也觉得这是个非常神奇的巧合，就几分钟时间，那神妙的光环便消失了。我多少觉得需要修行才能有这种运气的。在莲花峰上，大有"一览众山小"的气概，到黄山，不上莲花峰，大约是没有自信说去过黄山的。其他景点，什么迎客松、百步云梯、飞来石、猴子观海、梦笔生花、始信峰等都是不需要什么坚强的毅力和勇气就可以完成观赏的。

　　黄山，没有其他的装饰品，奇松就是特色。以迎客松为领袖的松们，在悬崖或山谷间，或密集成林，或疏落有致，或独立傲然，它们高雅成一种品相，伸展的枝丫如伞如盖，枝条遒劲有力。但那棵有名的迎客松，好像太过年老，向山谷横出的部分被人们用铁柱托着，上面还用铁索拉着。黄山的主人用够了心思，生怕这棵迎客松有个三长两短，如果那样，黄山还能叫黄山吗？其实在我看来，生命的出现和终老，都是很正常的，这棵老松也如此！假如有一年这棵松不迎客，黄山还有千千万万的迎客松。

我在迎客松处向下一看，一条古道正是从迎客松脚下上来的，和刚才在索道上看见的悠悠石级联系起来了。没得索道的岁月，古人上一趟黄山，真不容易。据说1979年七十多岁的邓小平上黄山，就是用了三天时间，步行登山的。这些伟人大家，来到黄山，有迎客松相迎，当然是相看两不厌，我看黄山也是欢迎我的！

黄山归来不看岳，我看是有道理的，那万峰峥嵘的场面，是借了张家界的意境。特别是北海狮子峰景区，尤其像张家界的某一部分，而天都峰、莲花峰等光滑如玉的岩石又与华山神似。总之，黄山的树也好、山也好、云海也好，集天下名山之要，所以有黄山归来不看岳的说法。

篁 岭

江南生篁岭，

不载水乡愁。

千户墙檐下，

瓜黄共晒秋。

篁岭是清代重臣曹文埴、曹振镛父子的故里。但这里出名的不是这宰相父子，而是篁岭晒秋。

篁岭的先人们最先在这山岭凿基砌屋，在山下引水开田，过着日出而作、日落而息的清静日子。因地无三尺平，每到秋天收获的季节，自家那点青椒谷物，实在是没有晾晒的地方，因此不得不在自家的阳台架上木条，延伸出去，好在上面用簸箕晾晒谷物。当年在漫长的农耕时代，篁岭人迫于居住的限制这样做的，谁知这样做，做成了地球上一道独特的风景 —— 篁岭晒秋！

村庄原来是封闭的，在山岭的一个斜窝上，几百户人家房屋挨着房屋，黑瓦交替着黑瓦，一股泉水从村庄的中心位置涌出，养育着村庄里的人们。砌墙的颜色或是殷红，或是淡白，具有明显的徽派建筑的特色，村庄被古老的枫林围着，一边连着脚下田园的画景。只有走在村庄的天街上，才能看见这一片重重叠叠的房屋。在这隐秘的田园世界，不知哪一天，这晒秋的场景被泄露了出去，一下子惊动了世界，那些房屋上彩色簸箕圆圆的，像一块块磁铁，引吸着人们的内心，莫名其妙对篁岭产生向往。从此，这平静的山村游客爆满，一个传统的农耕村庄一夜改变了生存的方式，成为供人们游玩的场所，这里的人们就把农耕展演成了旅游项目，他们下意识地让油菜花开满春天的山野，让古老的枫叶红遍秋日的村庄，没有雨的日子，让簸箕中的彩色谷物在村庄的屋檐下舞蹈般展示生命的原色。完成了一个村庄华丽的转身。

秋天有雾的日子，篁岭是最美的，古老的枫树，自然的红的黄的叶子，在薄雾中浸染着村庄，这甜蜜的景象，弥漫着浓浓的乡愁。

当然，细腻的雨天，瓦是湿的，早晚的炊烟就沉重了许多，从各家的瓦缝里涌出，在空中密密地汇着，不愿离去的样子。人们在雨巷里慢慢过去，脚下光滑的石板或是水塘中有些若隐若现的倒影也跟着过去，行走的人不言语，倒影也就懒得说话。这悠长的雨巷，慢慢就伸进了戴望舒的诗句……

赶场那些事

一

小时候对乡场很向往，就像今天向往诗和远方，感觉跟着大人去赶场是一件很幸福的事情。

只要母亲说要去赶场，我是非常高兴的。看准她把衣服换好，就在她面前小声嘟囔："我要去 —— 我要去 ——"母亲一边收拾东西，一边总要给我一个回答，要么答应给我买水果糖回来，要么还真的能带我同去。

家里离场上很远，要翻过乌江边陡峭的大山。在山岭上就看得见山谷里的乌江，连同那江边的很多白色墙壁的房子，黑压压的瓦房，那就是我们要去的乡场，名字叫万足。

我也不晓得赶场除了跟母亲要水果糖外还去做什么。卖水果糖的柜台很高，装水果糖的玻璃罐子更高，我踮起脚仰望着，口水直流。母亲看我这样子，嘴里骂道："好吃狗。"然后，牵了我的手，摸了钱递上去："抓十颗嘛！"

万足是乌江边重要的水码头，古老的建筑物和那条石板街一头伸向江边，一头紧靠山脚。斜上的石梯像脊骨一样有序，几重古老的石门横在巷子一般的场上，横梁上长着几绺青草，还有歪歪斜斜的树丫。纵贯多道石门的石板街，走动着许多人，旁边靠木门的一排也坐着许多人。他们有的是来赶场买东西的，比如煤油、盐巴、剪刀、顶针……也有来卖东西的，比如米粑、麻糖、苞谷泡……特别是糖盖里一个挨一个的麻糖裹好的苞谷泡团团，金黑金黑的，让我移不开眼睛。我嘴里一边吃水果糖，一边差不多又说出声来：我要！母亲瞪了我一眼，拉起我的手，挤向前面的人群。

二

合理这个乡场结构颇为简单，就只有医院、供销社、粮站和木楼上几个脱产干部组成的公社。

秋收之后，生产队统一把坡上的苞谷收到集体的保管室，弄成苞谷子炕干后，按比例把最好的统一送到公社去上公粮。生产队十几个男人统一背了粮食，向合理乡场走去。粮站的木仓里装满了各地送来的公粮。收公粮的"脱产干部"气势汹汹地吼着："按大队排好轮子！"大家把装有公粮的背篼摆了一坝，各自在自己的背篼旁边抽着叶子烟，互相摆着龙门阵胡侃，烟雾缭绕着，话音混合着，很是热闹。

买煤油要到供销社。供销社几个大铁桶从明亮的门口一直摆到黑暗处，敞子一两的有，半斤的也有。卖油的"脱产干部"将敞子拿在手上，向门口前来打油的农民喊："排好轮子，油还多！"

人们拿着黑竹筒子，或者透明的玻璃瓶，一斤装的，医院输液用的那种，这种瓶子在村庄里是各家的宝贝，走人户装酒要用它，打煤油要用它。在那个时代，它迅速取代了竹筒装酒的方式。人们分别从不同的大队来，一边排轮子，一边摆谈着地里的庄稼。

女人们在供销社的另一间大屋里买球鞋，扯花布。柜台里框架上竖摆着各种布料，红的绿的都有，什么蓝卡基、的确良。女人的裤包里有二元券和布票。卖布的"大人物"尺子一量，剪刀开口，双手一扯，"哗"的一声，三尺！女人接过蓝布，折好了小心翼翼揣在怀里。然后，牵着撵路来的孩子走向别处。

乡场的另一边，补牙的游医将老女人的嘴巴用钳子掰开，将一排假牙斜斜地安了上去。老女人流着口水，线一般。

叶子烟是乡村男人的和气草。走在场上，向对方递上一叶，互相裹了长长的一截，用钢铁打火机反复打火，烟子浓浓的，弥漫着半个乡场，然后去小店喝酒。直到太阳偏西，月亮起来。醉了，偏偏倒倒走在山路上，回家。

三

有乡场，就有猪市。合理那个简单的乡场却没有，乡民们买猪娃就必须去鹿鸣或者沧沟。

上午的猪市最热闹。卖猪的，买猪的，还有猪们，共同下了一个年度赌注。黑猪儿比白猪儿好像要贵些。有个男人，腰间挂了一个黑黑的盒子，肩膀上挂了一个牛角，在山路上吹出了宣誓般的号角："割猪 —— 割猪 ——"，然后他来到猪市。看着这场面，他想，毛茸茸的猪儿们迟早要过他那一关。喝酒去了。

赶场来的女子，有不同山村的。见面打招呼的方式很特别，偷偷地藏在对方背后，轻轻地用双手捂住眼睛，笑着让人猜，表情一张扬，男人们就看了过来。卖膏药的骗子也看了过来。直到被蒙眼的妹子将手掰开，两个互相追打着，去乡场的另一边。卖菜的女人在旁边说，那是某家的幺女，该说人户了。

摊贩们望着当街的人流卖力地呐喊，还用手势附和。一个男的头场买的内裤穿一天就烂了，今天拿着内裤来找商贩评理："你啥子摇裤一穿就烂？"

"兄弟伙，是你东西太硬了。"说完，商贩就一阵笑。男人一拳头就往商贩脸上打去，商贩一躲闪，边嘀咕："你来真的唛……"

只有从村庄赶来卖小菜、犁抠、灯草的人，在不很拥挤的瓦檐下张望，烟雾从他们嘴里飘出来，很长寿的样子。偶有时尚的女孩高耸着乳房，挤过人群，眼睛向老街的高处张望，女孩心里很清楚，这一瞬间，男人们几乎都在看她。

乡场的木房子后面，有条小河。小河上的这些木房子看起来很美，小窗伸开，竹竿上挂了红红蓝蓝的衣服。撑船的人从小河那一头出来，高一声，低一声。号子不像号子，山歌不像山歌。

喀纳斯小调

喀纳斯的秋天，马用嘴巴绘画草原，用尾巴涂抹山岗，深黄或浅黄都被阳光照得透亮。

白桦树从山沿逐渐挤向草原的中间，草原柔柔的山包像少女光泽的乳房，羊儿们在上面轻轻地贴着。

图瓦村的小男孩像成熟的男人一般，在白桦林边的草原上扬鞭追逐一群骏马，女孩在村口抱着自家的小羊羔瞅着我轻轻地笑。

禾木村的狗和照相的我一样早起，跟着来到村前山岗，坐着看着自己的村子。我调整了镜头的角度，狗放心地看了我一眼。

图瓦族烤饼子的大哥，逗着一大群对着他照相的远方女孩。将未烤的大饼抛向空中，半天才落下来，然后对着相机咯咯地笑。

喀纳斯河的水乳蓝色的流，抒情地洋溢着浪花，在金色的河谷里，时而宽、时而窄，窄处隐约于山谷，像一种思念去了远方。宽处浸泡着白桦树金色的倒影。

　　禾木村的晨雾多半是图瓦人美梦编成的歌谣，一句句排列，横着，一丝丝，由浓到淡，由青到白。然后三角形的小木屋就润泽了天空。

追踪那些背篼的影子

　　我每一次来彭水，总忘不了上街，上街去看看那一群背背篼的人。

　　我家就有这样的背篼，用乌江边的野山竹编成。稀稀的篾条做成的背篼，在乌江边的群山里，在村庄的屋角边，俨然一尊尊雕塑。岁月流转，人世沧桑，但这些背篼的影子一直或深或浅地在我心中埋藏着。

　　小城彭水是山民们的彭水，是村庄的人向往的文明之地。山民们也许不知道什么叫历史，但他们一定晓得那年那月进过城，把自家的柿子，或者柑橘背到小城去叫卖。或是存有背着竹篾背篼从古老的水码头上十字街负重前行的记忆。

　　大约是 1984 年，我正在彭水城读师范。近八十岁的外婆从万足老家专门给我送来了一包熟透的柿子。时近中午，外婆背着柿子终于走到城中。她不知道我具体在哪里，逢人便问，终于找到了彭水师范。我一见外婆，泪水禁不住直流，我望着模糊的城市，那个暖暖的秋日很清晰。那天，外婆就是背着这种竹篾背篼来的。

我爱上摄影的日子，我的镜头里真是不能缺了这座小城的背篓。于是我每次到彭水，总要挂着相机在城里走一圈。看看那些似曾相识的表情，那些匆匆前行的身影，那些汗渍分明的衣衫。

他们微笑时，我猜应该是那天有较好的生意。如果我举起相机，他们就气不打一处来，应该是生意非常不好，还没有赚到第一单背力的钱吧。于是我收起相机，套近乎，几句话将尴尬化为和谐。昨天遇到的邓世友就是这个样子，他三个孩子在城里读书，就靠他自己在城里背力养活他们。他说，今天生意孬死了。

彭水，应该是一座用背篓堆积起来的小山城。我曾经看见过几十个背河沙的人从河边一字上行，将河沙背到建筑工地；村庄里人们三五成群背着山货向小城行进；那些卖烧苞谷、烧红苕的中年妇女从早到晚在老街上叫卖，周围飘逸着浓香。这座城市仿佛就是一个背篓的影子。

一位岩东八十五岁的老人，两个女儿远嫁了新疆，自己在家闲不住，一大早便背着背篓在城里晃悠，找点小钱，然后买点酒喝，在夕阳西下时才慢慢回家。

为了不再忘却，于是我开始记录。我早先计划过关于拍摄背篓所需选择的相片，预设了许多场景。后来我知道，在彭水，关于这些背篓的故事，是不需要摆拍的。随街一走，真实的生活就呈现在眼前。

那些背背篼的山民，许多已经认识了我。现在，我出现在他们面前，打过简单的招呼，我和背篼们就各干各的事情。

　　追踪背篼的影子，是我每次回彭水必做的一件事情，也成了我摄影生活一部分。

民办老师吴出富

初春时节，我们沿着直上山坡的黄泥小路，去走访四川省优秀教师吴出富。

在通往吴老师所在的学校 —— 酉阳土家族瑶族自治县两罾乡安元村的山坡上，有三个小孩正在林间寻找兰草。一个十来岁的小女孩见我们问起吴老师，她开口了："我是吴老师的学生，你们问他干啥？"

她抬头看了我们一眼继续说："他是民办教师，一个月只有八十几块钱，还要用这些钱给我们买奖品、买药……"

"吴老师给你们买药？"

"咋不呢？！我们有个三病两痛的，他要给我们买药呢，还给我们烧水喝。有一次，我感冒了，他给我药吃后，我实在走不动，他还背我回家呢！"

只有八十多块钱，家里怎么过呀？我们心里很不平静，急切地想见到吴老师，看看他的家人。

我们继续往前走，碰到一位六十多岁的老人正在赶一群猪崽。

满脸沧桑的皱纹，一见我们便问：

"两位同志到哪里去？"

"我们到吴老师家去。"

"是出富吧？"

"是他。"

"他可是个好人啦！他把这坡上的娃儿都教懂事了。要不是他，我那孙娃还考不上大学呢！"

"谁是你孙娃？"

"光柏呀，光柏在他手下读书那阵，他经常来我们家里。有一年，家里受了灾，硬是没法，光柏他爹要光柏学木匠挣点钱，出富晓得这事后，就上门来，硬要光柏读毕业。那几年的书、学费就是出富垫的。出富教书是这山坡上出了名的，每一年考到重点中学的学生全乡就数他那班最多。那些娃娃也喜欢他，老远八远都跑到这山坳上来读……"

来到吴老师家，见一中年妇女正在屋檐下剥菜头。

"你就是吴嫂吧？"

"嗯，进屋坐。"

吴老师家里，除了一个苗家人惯用的土制火盆，一张桌子和凳子之外，别无他物。吴嫂端来热茶，当我们说明来意后，她说："他送恳恳到龙潭去了。恳恳去年害了一场大病，那学期未读完，当时说办休学证，他去过学校几次，总是星期六去，人家放学了，没说等到星期一把休学手续办了回来，他舍不得耽误他那几节课，要星期天回来。他说他教几十年都没有缺席过，硬要到老了来留个记录不成？手续没办成，还不晓得崽崽这学期读得到书不。"

"十六岁他就在两署代课，后来安了家，一直就在这安元村小，一晃就是二十三年，还是个老民办，要说出息就没有好大个出息，你们看嘛，周围这些人都富了，我们现在还是这个样子……"

吴嫂说着，指了指他们的屋子。我们侧头一看，里间板壁贴满了大大小小的奖状。从1973年到1995年的都有。吴嫂又从抽盒里拿出一叠大大小小的荣誉证书，有一本最红最精致的证书里映着醒目的大字：

授予：吴出富同志四川省优秀教师称号。

我们拿着这沉甸甸的证书，体会到了一种真正的人生价值。此时窗外已是满山桃李盛开，油菜花把整个山坡染得金黄！"他就是在家，不是跑到学校，就是跑到学生家里去了。"吴嫂一边收拾证书一边数落。"现在是寒假，吴老师还跑到学校去干什么呢？"我们问。

"他说黑板脱了漆，要刷过，坏了的桌凳要修补，周围的卫生要打扫。他呀，木匠那一套行李是制齐了的。"

我们来到学校，这是三间砖瓦结构的房子，墙壁上几块黑板专栏是才漆过的，房子周围极为干净，坝子宽敞，房子前面一排槐树长出好看的丫枝，正星星点点准备发出嫩芽。

房子上一个人正在捡瓦。见有人打招呼，他便从木梯上下来。他说他也是这学校的老师，叫冉海平。

我问道："假期还在学校忙呀？"

他抖了抖身上的灰尘说："学校的事总不能让吴老师一个人干嘛。你们看，这几百米的围墙全是吴老师起早摸黑亲自砌的。操场是他利用假期平整的。我也是他的学生，我赶不到他的脚趾母丫丫，要认真学习才是。"他边说边带我们到办公室。只见墙壁上挂着一排表册，是历年来升学情况、入学情况的详细记录。另一个本子的扉页上写着：疑难问题记录。原来，吴老师在教学过程中，遇到疑难问题，就记录在上面抽时间去中心校向其他老师请教。吴老师初中未毕业就从事教育工作。他在教学过程中刻苦钻研，不断请教，成了德艺双馨的优秀教师。表册里页是他自己的一句格言：天下没有学不会的事，只要自己肯干。

　　桌子上放着圆的、直的、方的，纸做的、布做的各式各样的教具不下百件。冉老师讲，这些教具都是出自吴老师之手。

　　采访中，我们没有见到吴老师，但他那全心为学生的忘我工作情怀，深深地影响着我们，他高大的形象在我们脑海中越来越清晰。在这群山之中，正是有无数个像吴老师这样的教育工作者，孩子们才能一路走出大山。我们下山时，金色的晚霞洒满整个山谷，我们行走在这美丽的大山之中，心中激荡着快乐的力量。

周老师

去年年底，我带妻儿回老家过年，汽车翻过老家的山岭时，我发现一个老人的身影，细看，是我的启蒙老师周兴洪。我下了车，还未喊他，眼圈就湿了。三十年的风风雨雨，我靠艰辛的奋斗，先是有了工作，因工作原因，我与故乡是越来越远了。而儿时的生活却时常浮现在脑际，越来越清晰。在故乡生活只有六年时间，这六年，实际上是与启蒙老师生活的六年。

1974 年 3 月，我随父母从万足搬到了现在的老家。大人们看着其他的崽崽在上学，也叫我跟着他们去上学。当时就不知道上学是干什么。学校其实也不能叫学校，在六池坳高家的堂屋，用一丈多长的五六块黑黝黝的楼板桥起来就成了二十几个学生的课桌。当时就只有二册，已过开学时间了，书也不够。周老师就叫同学们三四个扯伙读一本，连扯伙的资格都好像没有，我就只能扯起颈子隔老远看看人家的书，同学们不让我看，就用手遮着，我就假装看着。

老师教什么，我就跟着读什么。老师教的什么，书上写的什么，我全然不知，跟着吼了一阵子，自以为这就叫读书。没有笔，老师就发动我们回家，去坡上砍刺来做笔。把一头削尖一些，沾上墨粉兑的墨水写字。没有纸，老师就在高家的坝子用手指在地上比画，教我们写字……

有一天，天一下子黑了下来，轰的一个炸雷，大颗大颗的雪子（冰雹）砸了下来，同学们抱头跑进教室，坝子上同学们画写的痕迹被雪籽盖住。过了一会，雪子停了，太阳也出来了，我们就用雪子打仗。

在鹿池坳高家上了一年学之后，周老师就联系各生产队出劳动力建学校。学生越来越多，我们在周老师的带领下，开始砍树搭黄连棚，栽黄连、云木香、粉丹等药材。周老师说，栽药材是根据毛主席的最高指示 ——"五七指示，永放光芒"而搞的勤工俭学，可以找钱来买书和笔，我们就很高兴。整天天不亮就往学校赶，我们在家用土碗装了苞谷饭，再用汤帕（做豆腐时虑浆用的布）包着，用木棒棒穿起扛在肩上去上学（实际上是去劳动）。到了黄家湾栽黄连的劳动现场，就将饭挂在树的丫枝上，我们看着太阳升起来，红红的，照在这些七碗八碗的饭口袋上，印出一串串剪影还是好看的。每天劳动，谁来得早，周老师就要把名字写在手板上，念给大家听，以示表扬。谁劳动得多，那个时候是最光荣的。

吃中午饭时，我们折了小树枝条做筷子，大家就在劳动现场呼呼地吃起来。周老师也坐在我们中间吃，他几口扒完，咧了咧嘴巴，用手指头作为牙签，收拾完牙根里的残饭后，指着旁边的山林说："明年就可以把这片山开完了。"说完，看了看天气，招呼我们快点吃，莫耽搁活路。

比我大几岁的女同学王蓉，长得很乖，她跟另外几个女同学躲在不远处的大树背后偷懒，见了我叫我不要向周老师告她们。我威胁王蓉："那你下午和我一起去三厂湾照牛不？"

　　没隔多久，我们的新学校就建好了。我们自己种的黄连也卖了钱。有了钱，周老师就给我们每个人买一件衣服，是白布做的。他叫我们把衣服拿回家用染粉染成蓝色就能穿了。同学们穿上统一的服装，格外好看，换了先前的烂衣服，伸抖了半截。有了钱，我们每学期一块钱的书学费就不交了。我们的劳动积极性也空前高涨，差不多有半夜就到学校等起劳动的。有了钱，学校还买了油印机，周老师就去场上买白纸来印本子，发给我们做作业本。当然，缺笔少书的问题也解决了。不仅如此，周老师买了大量的连环画、故事书。我们劳动之余，就背连环画讲故事。先是在学校讲，讲得好的，又抽到各生产队去讲。这一搞，在小学，我书没有读好点，却成了讲故事的高手。最后，我和高尚碧被抽到彭水县城去讲故事。关于"高玉宝""刘文学"的故事至今还记得一些。有了钱，周老师还买了一个大收音机。劳动之余，他就把收音机打开，里面传出奇怪的声音来，同学们听得懂听不懂都围上去听稀奇。

　　逐渐地，学校就不断有人来参观学习，周老师去开会的时间就多了起来，常常抱回来一些奖状。他把这些奖状贴在板壁上，隔了一段时间，他怕奖状粉了、黑了，又去将它们取下来。不管如何小心，有的奖状还是被撕破了。有一次，四川省的领导来检查，一大路人马到了我们的劳动现场。有人拿着个东西（实际是照相机）对着我们就准备按，叫我们不准动。有个同学以为是枪，当时裤裆里就吓出一条屎来，弄得大家笑也不敢笑。那些领导走了之后，周老师骂他没有出息。

周老师被评为全国优秀教师之后，两次去北京开会，他把坐无人机时发的啥子糖，带回来，在课堂上就让我们每个同学舔一下。特别招呼了又招呼，叫同学们不要用牙齿咬。还把从北京带回来的奖状和牌牌反复亮给我们看。那时，周老师的眼睛都笑成了豌豆角。给我们建学校，几个生产队的家长都是出了大力的。周老师为了感激他们，每到农闲季节的冬天，漫山白雪，他就要开一次规模宏大的家长会。他找人买了羊子、萝卜，借来锅儿碗筷，大宴家长。家长们帮忙在操场的边上挖了几个灶孔，将搭黄连棚的干柴撤下来，把买来的羊子在操场上一刀。女家长们就煮饭，男家长们就围起周老师听收音机，听他讲北京的事情。我们想靠近听一下，就被他吼开了："快去烧火，看饭熟没得？恁恁些听得懂啥子！"我们就红着脸走开。隔了一会，用课桌当饭桌，摆了十几桌饭菜，大盆里装着羊肉炖的萝卜，配上白酒和几样小菜，就等家长们海吃海喝。家长们喝醉了，一个二个偏偏倒倒准备回家。周老师宣布："家长会就开到这里！"

周老师文化不高，他把我们教到五年级就没办法教了，又退回来全部重读四年级。后来，学校来了罗世清老师，我们就由他教毕业了。罗老师年轻，有文化，周老师为了保持他的个人威信，我们经常看见他教育罗老师的场景。罗老师笑着、应和着。

我小学毕业考上了重点中学，不久，周老师也调到了合理中心校。再后来，家长们辛苦建的学校，也被县教育局拆去卖了，从此，我们村也就没有了学校。

去年问起这事时，周老师也像要哭的样子。他连连摆手：太可惜了！太可惜了！过年期间，我听家里人说，周老师退休之后，还经常到原来学校的遗址上去走走。我想，周老师人生中最辉煌的岁月，也就是我们读书那几年。

李朝刚的烟杆岁月

　　濯水古镇有许多故事，像廊桥一样弯曲的烟杆便是一则。

　　阿蓬江从湖北那边流来，到濯水便宽了气量，让水面烟波浩渺了一里多，一边挤压着村庄，一边浸泡着古镇，水面靠一条似飞似卧的廊桥连接起来。住在村庄里的李朝刚老人因为一根烟杆从廊桥到古镇往返了近九十年。

　　古镇上的男人都抽烟，李朝刚老人专门给古镇上的男人们制作烟杆，一做就是七十年。七十年，是一个男人的基本岁月，我说的是李朝刚老人七十年做烟杆的故事。

　　阿蓬江畔，盛产楠竹，就像村庄和古镇盛产抽烟的男人一样，满山的楠竹成为水岸青翠的风光，这些楠竹林中小小的根须也成了李朝刚老人做烟杆的主要原料。他收来成堆的竹鞭，带着大小不同的头，堆在屋角，故事便一天天开始延伸。

　　而今的李朝刚老人，已近九十高龄。近十多年来，做烟杆完全成了他的耍耍活路，不像灾荒年靠做烟杆救一家人的性命，不像大集体时代，靠做烟杆抵工分，而今的李朝刚老人儿孙满堂，且孩子们都因为濯水的旅游发展而有自己的事做，老人早就该清闲了，只是丢不下那堆竹根，那堆还没有从他手上变成烟杆的竹根！特别是江西的几个客人，从电视上看到了李朝刚制作烟杆的专题后，专门坐无人机过来找老人买烟杆，让他激动不已。于是他扛着岁月，每天从窗户遥遥地望着对岸的古镇，仿佛就在和街上走动的人说话。于是每天用口袋装了二十多根烟杆，慢慢走过廊桥，汇入古镇的人流。他脸上布满了像古镇一样沧桑的皱纹，手中拿了几支烟杆，背上背了几十根烟杆，悠闲如桥下的流水，成为一道慢慢流动的风景。

我们就是在廊桥上这样遇见他的。说起烟杆，老人像年轻了三十岁。拿着烟杆，一会儿横过去，一会儿竖起来给我们讲故事，讲他一生不易的岁月。我们听着听着，仿佛濯水古镇瞬间沧桑了许多。木栏外的水面，船们一字儿躺着，烟雾轻笼的古镇快要没有倒影的样子，风景似乎都凝固在老人的说笑之中。

李朝刚老人的"作坊"摆满了制烟杆的工具，满满一桌子，我们干脆不问这些工具叫什么，因为我们根本记不过来。只是对这些成形的、包了铜皮、形状各异的烟杆感到莫名的敬畏。它们精致的手工且不说，单就将它们有趣地排列，就是一道美丽的风景。我们在桌子上摆弄，老人在一旁开心地笑。末了，老人又开始熟练地制作他的烟杆，我们又在一旁开心地笑！窗外的绿水铺向雾中的古镇，廊桥像在晃动一般。

表妹堆堆

听百岁老人讲宋家山战斗

　　向世德老人今年98岁，是毛坝乡双龙潭为数不多的能清楚讲述当年解放军和土匪在宋家山激战经过的人。

　　随着解放军横渡长江，南京政府土崩瓦解，一场解放全中国的大战以摧枯拉朽之势，向西南席卷。1950年酉阳解放。在解放军进入酉阳的过程中，与地方土匪有过几次战斗，双龙潭宋家山之战是最激烈的一次，双方皆有准备，各自进行了军力部署。

　　双龙潭是毛坝乡双龙村一个小山村的地名，杨树臣是酉阳一带家喻户晓的土匪头子，临近解放，蒋介石逃到了台湾，国民党的地方武装和杨树臣之流的土匪残余势力还负隅顽抗。杨树臣知道解放军进入了酉阳，便将自己的队伍集中在泡木、毛坝、木叶等地的偏远村庄。毛坝双龙潭便是土匪驻扎的一处。这里是深山老林，交通极为不便，在杨树臣看来，是一个易守难攻的好地方。而且土匪经常出入这些深山老林，清楚情况，熟悉逃窜路径。双龙潭当时有五十多户人家，杨树臣的队伍共七百多人，全都拥挤驻扎在各家各户。当时是寒冬腊月，正下了大雪，村民们知道土匪要进村，便提前将自家能够带走的粮油打包转移到了附近的山洞，人照样住在村中。一天黄昏，村民知道大量土匪要到来，除了部分老人之外，都逃进了河谷的山洞。进村的土匪迅速挤满了整个村庄，各家的楼上楼下、灶屋堂屋，到处住满了土匪。解放军的侦察员佯装成卖年货和算命的农民，进村侦察土匪的情况。侦察员在给向世德母亲算命的过程中，了解了土匪的全部情况。

　　向世德在侦察员算命的过程中不断给土匪们添柴加火，和土匪套近乎，并叫算命先生给土匪们依次算命。土匪们烧着柴烤着火，带着不多的粮食在各家各户煮食，晚上就席地而卧，枪不离身，准备随时迎接战斗。土匪也派出侦察员在附近山岭和路口了解解放军进攻的动向。向世德所在的双龙潭有五十多户人家，由于受土匪反宣传拉拢，部分村民也加入土匪队伍。土匪杨树臣知道向世德识字，年轻力壮，便反复做工作，要求他参加土匪队伍，攻打共产党，向世德以母亲年老为由，拒绝参加，并告诉杨树臣，你们在我家吃住可以，我不能和你们去打共产党。土匪于是对向世德密切关注，担心他是共产党的眼线，不准他离开村庄。向世德根据掌握的情况，估计着解放军什么时候应该到双龙潭附近。有一天夜里，他准备外出给解放军报信，三个土匪用枪对准他，并厉声问道："你要走哪去？"向世德知道明走不脱，又急需将土匪队伍的全部情况报告解放军。半夜，他以上楼转移稻草，怕火烧房子为名，偷偷掀开盖房的杉木皮出去，从后阳沟逃跑了。

解放军得知双龙潭土匪驻扎及地形情况后，2月7日黎明之前，从三个方向，向双龙潭会合围攻，土匪闻讯不妙，急忙整队在双龙潭附近的宋家山迎战。双方遭遇，一时间，宋家山枪声大作，密林中冲杀声此起彼伏，大约半天时间，土匪溃败，余股四逃，解放军乘胜追击，山岭不断传来枪声。激战之后，解放军来到双龙潭村庄，一面向村民宣传革命政策，一面将土匪们未煮熟的大米，继续架火煮熟，用餐后略做休整，便整队向泡木、车田方向离去。在这个过程中，解放军询问向世德愿不愿跟部队走，向世德确实想照看家中老母，便没有同去。

宋家山战斗中，打死土匪300多人，俘虏70人，一名解放军牺牲，埋在车田境内，就是现在车田有名的烈士墓。中华人民共和国成立后，由于向世德在宋家山战斗中，及时报告土匪信息，作战有功，便被安排到新成立的毛坝乡政府工作。

98岁的向世德老人，目前身体健康，每月有政府发放的补助，吃穿住不愁。我们去见到他的时候，他还在坝子晒太阳看书，他取出衔在嘴里的大竹头烟杆，笑着告诉我们，这烟嘴就是当年宋家山作战后捡回来的子弹壳。我一看，那真是一枚机枪弹壳做的烟嘴。他一口浓烟出来，仿佛看见了宋家山的战火和硝烟……

一位孤寡老人和他的五世同堂

　　八面山脚的上寨，远远望去，村庄被竹林和一些古树掩映，只露出几处吊脚楼若隐若现的影子，加上早上的炊烟弥漫，一股浓浓的画意和诗情吸引着我的脚步……

　　上寨是四五栋吊脚楼组成的一个小村庄。我刚到院中的坝子，一家女主人正好打开木屋的门，见了我这位陌生的来客，便热情地邀我进屋：来，快来烤火。客寨的冬天确实有点冷，一进屋，我看见有十来个人正围着红红的火塘。一见我，年轻人迅速站起来，要让座的样子。

　　我特别需要的不是烤火，而是他们在火塘这一圈祥和而温馨的造型：有三位老人坐在火塘的里面，差不多都是八十多岁的样子，透过火塘青色的烟雾，依稀看得见脸上的皱纹。红衣女孩间隔坐在中间，周围的板壁上有五六个窗子，光线射进来，整个屋子就半明半暗，层次分明。我赶紧招呼在座的人不要动，我要拍摄照片。其中一位老人手上拿着竹头烟杆，还不停地吸吮着，烟子一进一出，悠闲的样子。当我把对焦点选择到吸烟的老人时，招呼他千万不要动。

　　可是这位老人脸是不动了，但他握烟管的手却不停地颤

抖。一问才知，他的手有毛病，不能劳动和拿重的东西，吃饭都要靠人喂才行。

看他那高寿的样子，我问该怎样称呼老人。女主人在我身后答道：论辈分应该是我们嘎嘎（外公）。我莫名其妙，这老人难道不是这家的吗？在这腊月年关时节，或是别处来串门的老头。

后来采访才知道，老人叫田景汉，是一位孤寡老人，无儿无女，今年九十二岁。由于手脚不方便，生活一直不能自理。这家男主人叫黎绪武，三十四年前，就从客寨搬来上寨照顾老人至今。我仿佛感到，这家人有太多的故事。从异地搬迁来，专门侍候一位残疾的老人！你信吗？我为弄清楚事情的来龙去脉，干脆坐到火塘边，和他们摆起了"龙门阵"。

那天在火塘边的三位老人，除田景汉之外，还有黎绪武的亲生父母，都是八十多岁的老人，他们倒没有和他住在一起，是从客寨到他家来耍的。

今年九十二岁的田景汉，年轻时也结过婚，并生下过一儿一女。不幸的是在他中年时，妻子儿女相继去世，他开始在悲伤中度日。在另一个村庄生活的黎绪武便和新婚妻子龙二妹商量：能不能去和景汉老人住在一起，帮帮他。龙二妹二话没说，便和丈夫一起住了过来。那一年，田景汉五十八岁，黎绪武十八岁，从那一年开始，一个特殊的家庭就这样组成了。

三十四年来，黎绪武夫妇除了一年正常的生产劳作之外，每天的必修课就是孝敬田景汉老人，给他喂饭换衣，端茶送水。一晃几十年过去，而今这个家里已是五世同堂。

我一直追问，你们为什么要搬迁来和老人一起住，一定有原因吧。黎绪武说，什么原因说不上来，我们小时候，他对我们好，我们一伙细娃八九岁，经常饿着肚子路过他家的时候，我们就偷偷地把他家火塘边鼎锅里的大米饭吃光。他不但没有责怪我们这些娃儿，还经常故意给我们留着米饭。日子长了，我们就像他的娃儿一样，随便吃。

慈爱之心就这样传递着。上寨，下寨，客寨，三个寨子现在被人们统称客寨。实际上三个小村庄都在八面山下呈三角形坐落在相去不远的山岭中，风景优美，是土家族原生态摆手舞的发源地。村民们人人会唱山歌，个个会跳摆手舞。黎绪武一家也不例外，天晴的日子，夕阳西下的时候，上寨的二十多位父老乡亲，就会自觉在黎绪武门前的坝上跳起来，唱起来，和下寨摆手堂前跳舞的村民歌声遥相呼应。每当这时，田景汉老人在门槛边抽着草烟，乐呵呵地欣赏着，脸上的皱纹弯弯曲曲的，像吊脚楼下的梯田在山谷里延伸……

田景汉年轻时，虽然手不方便，背力却是独一无二的，大集体时，背粪上坡也好，挑谷子到乡场上交公粮也好，一人能顶三个人。村寨哪家有红白喜事，他下力是最老实的。由于老人年轻时积德，赢得了整个村庄的人对他的尊敬。几十年来，逢年过节，村民们总是自觉不自觉地去看望他。寨子中的田维政和田维新等村民还多次组织村民集体给老人过生日。黎绪武说，老人为人特好，给他全家做了表率，现在一家人，添了媳妇，有了女婿，彼此和睦，老小互爱，其乐融融。

我突然想起先贤的一句话：老吾老以及人之老，幼吾幼以及人之幼。黎绪武一家正是将尊老爱幼的美德融进生活中、血液里。我仿佛感到这爱弥漫了整个客寨，整个土家山村……

村民尚忆邓小军

　　20多年过去了，从兴隆土坪到八穴那条30公里的泥巴公路，早已时断时续，有的地方拉直硬化，有的地方废弃不用，山崖上只看得见隐隐约约的痕迹。但当年修这条公路那轰轰烈烈的场面，那感人的场景，村民们还历历在目，尤其是当年兴隆区工委书记邓小军和村民一起修路的故事还被村民们津津乐道。昨天，本来是和同事们一起去陪《重庆日报》的老师们到八穴采访，顺便航拍一下传说中的"鬼见愁"弯弯公路，也就是当年邓书记组织村民修的土（坪）八（穴）公路。

　　在老师们采访村民们当年修建这条"鬼见愁"公路的过程中，反复提到一个人物的名字——邓小军。只要当年参加过这条公路建设的人都对邓小军在工作期间的务实苦干精神敬佩不已。八穴的村民更认为是邓小军书记组织几个村的村民修了这条公路，才让八穴的交通得以改变。之前在八穴，人们出行很是不便，从八穴到兴隆场上要走一整天的路程。当年我到兴隆八穴采访的时候，人们就给我讲过，八穴因为公路不通，一位孕妇难产，村民为了抢救母子，急忙用滑竿抬上孕妇往兴隆医院赶去，可是由于山高路远，最后孕妇不幸死在了赶往兴隆的山路上。在以前，这样的故事很多，自从公路修通之后，就此缓解了八穴这边几个村出行不便的痛苦。我和邓小军早年就认识，知道他是一名务实的干部，但几十年后，他人调到重庆去了，还能得到村民们如此的赞扬，是让人比较感动的。特别是70岁的村民李治碧还能清楚地说出邓小军在他家住了多少时间，吃了多少顿饭，什么时候衣服脏了该洗，等等。还特地讲到因为修公路的任务是分到了各组人头上的，当时有一个叫李邦华的小孩，还未满16岁，因抬不动石头，邓小军就整天帮这个小劳动力一起劳动。邓小军在和村民同吃同住同战斗的日子里，与村民们结下了深厚的情谊，有段时间，小军生病到重庆住院，村民们盼望这位好书记快点回来，他们还筹集香火钱去庙里求菩萨，希望早点让邓书记康复回来和他们一起战斗。

村民们在八穴付庭和家讲关于邓书记的故事，而当年的邓书记此时正在八穴对面的车田狠抓扶贫工作。他此时的身份是重庆下派到深度贫困乡车田扶贫工作队的扶贫队员。上周我还在车田乡车田村的村委会办公室碰见他在认真检查扶贫工作的相关资料，我们偶遇中，打了招呼，他忙他的，我下村走访我的贫困户去了。印象中，他头发已经开始花白，精神还很好。他来车田后，将网名改成天龙山。天龙山风光旖旎，是佛教名山，在车田境内，也是车田在这次脱贫攻坚成中打造的乡村旅游胜地。邓小军改网名，看得出他到车田努力扶贫的决心。我和他加了微信后，常能看见他在车田的扶贫日记，改变车田面貌的扶贫照片，等等。他也经常查看我的文章，并好心提出修改意见。这不，我最近写的《夜上天龙山候日出》，他读后，建议我将题目改为《天龙山记》，看得出他对天龙山的关注。

我在工作的过程中，遇到过很多领导，他们中有很多真正是有为民服务的情怀、踏实工作的作风的。我去过很多地方，老百姓能记住的也是这些脚踏实地的领导的名字。我认为，人，不管做什么，都要做一行爱一行，尽力把本职做好，当行政领导，与老百姓打交道，更是来不得虚的。像邓小军这样，当了区工委书记，几十年后，还能得到老百姓如此的好评，是非常难的。当然这也是一个人的最大价值，人生的意义也不过如此！

2019 年 5 月

后坪印象

　　去沿河后坪，原本没有做采访安排，昨日在麻阳河拍摄了黑叶猴之后，我们的两辆采访车都必须加油。一打听，前面几公里远的黄土有加油站，便径直前往。一时天空不美，浓雾弥漫，问中寨情况，镇党委的沈书记说在下雨。我们决定不去中寨，沿河寻找最原始的土家山寨拍摄人文，以微调行程。沿河县文联主席田贵东直接推荐我们到后坪的葫芦湾。他只是说远得很，怕我们走起来困难。

　　印象中，后坪民性暴烈。传说，中华民国政府派去后坪的连续四任县长都被杀。以致后来无人敢去当县长，后坪出现了长时间的权力真空，直到后坪县的行政县制自然消失，划归沿河县管辖。据说《让子弹飞》就是取材于后坪的历史故事。连县长都敢杀，这是个什么地方，其他人还敢去？况且，一百七十多公里山路，怕是要累死人。但几位老师都说去，就去！

　　后坪与务川的茅天、彭水的朗溪交界。茅天是务川最偏远的乡镇、朗溪又是彭水最偏远的乡镇。几个苦命的弟兄伙就这样命中注定偏远地依靠在一起。我想这里当然有原生态的人文。至于我们要去的葫芦湾原始成什么样子，不是我首先关注的，我担心的是，公路太差，我们的车子当天能不能走到目的地。一看黄土场上那段公路，简直就像烂田。浑浊的水塘一个接一个，全猜不到深浅，我们的车轻轻地试着前行，轮胎在水里淹了大半。一路雾气重重，更不知前面的路还会烂出些什么花样。

在车上，我们一路讨论着，像后坪这样山高路远的地方，沿河的领导从上任到离开三五年可能不会去一趟的，后坪的干部嘛，差不多土生土长，多半是当地的，很少到县城。这几天清明节放假，后坪的田阿涛书记还在后坪，电话里对即将到来的我们连说欢迎、欢迎！

三点半左右，我们到了塘坝和后坪交界处的金竹山岭上。空中少了浓雾，起伏的山峦画卷般堆积，田畴里反光着依稀倒影，若隐若现的村庄在山湾或田边懒洋洋地挤占着。公路上到处都是砌路基的男女。我们停车问葫芦湾在何处，一位脸上有汗，甚至还沾了些泥土的中年妇女抬头一指：哎呀，下期（下边走）——下期。面对我们，她脸上露出灿烂的笑容，没有劳动的困倦，也没有生活的苦涩。我们的车停着，公路上劳动的人们很想跟我们多说几句话，似乎想告诉我们他们家乡的美好，劳动和生活的快乐。可惜时间不够，要直奔采访的地方，我们也微笑着跟他们打招呼告别。

大约是 1990 年，那是我在涪陵读书的假期，我有了第一个相机，便步行从洪渡到后坪，沿途拍些风景。可是到金竹山时，天就黑了下来。记忆中，我是坐了一辆手扶式拖拉机到的后坪。夜幕降临的后坪，隐约一坝不规则的瓦房，我在窄小的街边借宿了一户人家。那家男主人是老师，女孩刚参加工作，也是后坪的老师。当我说明来意后，他们高兴地让我这个流浪汉住了下来。第二天离开时，我和女孩依稀有些恋爱的样子。可是我的路在远方，我要去照相。而今重返后坪，一别几十年，人面不知何处去，桃花依旧笑春风。

我们刚到后坪坝子，两排整齐的民房直伸向前方，街面宽敞整洁。我以为到了乡政府。一问房屋边的老人，继续回答：下期（下边走）——下期——又走十多分钟，才看见后坪乡的公路标牌。井字形的大街纵横有序，这漂亮的小城，和我当年的印象相去甚远。政府宽敞的大院里，有些静。阿涛书记一边接电话一边从三楼探出头，示意我们上楼，显得很忙的样子，办公室的小田热情地接待着我们。

原来后坪乡的干部根本没有放假，他们因为扶贫的任务重，有的干部在村里已好久没有回来。我上楼和田书记打招呼才知道，沿河的县委书记任廷浬到后坪检查精准扶贫来了。我的天，咋这么巧？小田说，几乎每年县委书记都要到后坪来。她边介绍情况边递给我们一本书，是贵州这边一些作家在后坪采风的专集。里面有冉仲景、刘照进的作品，这两个人我都认识。

田书记反复说，让我们先去葫芦湾，组织委员田明陪同我们。今天县委任书记明察暗访来了，到了田书记才晓得，田书记先向他汇报扶贫工作。

　　驱车去了葫芦湾，我才知道，当年我采风就从葫芦湾旁边路过，去了黑滩子。这是历史的偶然吗？还是命运的有意安排？几十年来，我换过很多工作，但一直没有丢掉相机。也许上天安排我一定要将这方山水认真记录下来。因为，我就出生在这样的大山中，我的家乡在另一个"葫芦湾"，而且，我敢肯定我的父亲就在眼下这个葫芦湾给乡亲们做过篾活。这时我才想起，他早年给我讲过葫芦湾的故事。那些古老的门窗还在，刻有精美图案和文字的柱子基石还在。问七十多岁的老人，他们还回忆得起父亲当年在他们寨子里打晒席的情景。

　　和我们一同去葫芦湾的有组织委员田明，后来才知道，他也是宣传委员、统战委员。另外还有办公室的小田和葫芦湾扶贫女干部小王。小王讲起葫芦湾，有说不完的故事。哪家有多少人口，收入怎样，讲述得清清楚楚。这个才参加工作的女孩子怎么会对村情如此清楚？原来，后坪乡党委政府为了如期完成扶贫攻坚任务，已经没有了假期，干部们都吃住在各村村委会办公室，好就近指导农村工作。乡上对干部在村里的扶贫工作实行每天微信汇报，必须有简要的说明和现场工作的照片。阿涛在微信里一页一页翻开给我看，里面是干部在村庄工作的场面，乡村的风光甚是漂亮。第二天，我们在小渔溪拍摄，经过一个叫刷主（扫）背的地方时，天色已晚。村庄里的人们，都请我们留下来，吃饭住宿，那般有道德信任的热情在其他地方，这些年我是没有见到过的。村民劳动归来，牵着牛儿走在村中的水泥步道上，不住地喊小王的名字。原来这些水泥路的铺建她都做过指导，我越来越对眼前的这对女孩敬重有加。她们远不是简单配合我们照相的"模特"。

我们为了拍摄后坪大坝的全景，一早便登上小镇后面的健身步道。初升的太阳斜洒着金色的光芒，照在小镇上，充满无限生机。阿涛指着大坝，展望着他的宏图：哪是历史文化一条街、哪是广场、哪是未来的景观大道……

这次匆匆地来，又急急地要走，小渔溪的风光尚未拍完，葫芦湾的上寨还没有去。那漫山的枫林才长出嫩芽。我还没有坐在火炉边闻炕头上腊肉的香味，我还没有问候菜园里打猪草的老人，还没有低头抚摸那些正在做作业的鼻涕小孩。我们和阿涛约定，待到枫叶红遍山野的时节我们再来，我们要看看后坪有怎样一个金秋……

2016 年 5 月

你是谁的女儿

你是谁的女儿？

谁家的女孩似山里飘过的一丝清风？似蓝天拂过的一朵云彩，又似潺潺流过的小溪？轻轻地，淡淡地，柔柔地，你款款走来，带着新翻的泥土的气息，和着山花清幽的芬芳。那夜，我说妻子多年不回家，我也很少回去，我实在该去看看我那年迈的父母了。你说，我们一起去看看。在你善意的提醒下，我们头顶着烈日踏上了回家的路。你坐在车的后座，休息时，我停下车，转过头看了看你堆满笑容的脸，我仿佛看见了母亲年轻时的影子。记忆中，她和你一样眉目清秀，而今已满脸皱纹；记忆中，她和你一样黑发飘飘，而今已是满头银丝；记忆中，她和你一样身材苗条，而今已佝偻成桥……记忆中她和你一样，一样善良、一样美丽、一样宽容。

我从到高谷读书之后，在家的时间就不多，曾经是我心中的"女神"的母亲，怎样被无情的岁月折腾得如此沧桑，我一点都不知道。但我深知母亲体弱多病，全是为了我们，为了撑起这个家。我说："怎么能让你去呢？我老家太偏僻了，你恐怕吃不了那样的苦。除了坐车之外，还有很长的一段山路要走。"你一摇头轻轻回答我："没什么，我家也在农村，我开始教书的地方在很偏远的地方。"那时，我仿佛在夜的暗光里看见了你的坚强，我想象得到你在那些阴森森的山路上走过的艰难岁月。你说反正她老人家没女儿，权当我就是她的女儿吧。那一刻，从未有过的温馨使我感到做儿子的骄傲，"好吧，我们明天回家。"我说。那天，谢谢你陪我回家。走在山路上，清风漫过山林，轻抚着你的黑发，牧羊的乡亲笑问"你们从何处来，这位姑娘是哪个？"我回答时心里比喝了蜜还要甜。山林里夏虫欢乐地叫着，野花散发出阵阵扑鼻的清香。母亲站在坝子，她那双饱经沧桑的眼不知向我们回家的山坳上望了多久，踮着脚，默默地望着远方。我习惯了读母亲的望眼欲穿，母亲也习惯了翘首等我的日子。低矮的小屋使你无处可坐，苦涩的井水我没有主动让你喝，我说这就是我的"别墅"，这就是我送你的天然"矿泉水"，但我完全知道自己调侃的底气不足。你进屋向长辈打过招呼，热情地扶着患病的母亲进屋，你羞涩的嘴角很想将一个字喊出口，你的眼睛眨了一下，你似乎在问自己，我是谁的女儿？

　　母亲虽然和你素不相识，但很快和你讲起了她那些家长里短，尽管絮絮叨叨的故事让年轻人很烦恼，可你的脸上没有丝毫的不乐意。太阳下山了，夜幕渐渐垂了下来，山村年迈一般静，只有你和母亲的声音是山里最美的音乐。

　　后来，我一直在想：美丽的女孩，你是谁的女儿？直到有一天，我从你的博客中读到了你的一些身世，我终于找到了答案，原来你是大山的女孩，你的淳朴让大山感动不已。你是老人的女儿，你的善良令他们疼爱不已。你的外表算不上最美丽，但你内心的大爱深深地感染着我，再加上你的坚强和执着，并不张扬的才华，我断言你一定能成为一个出色的女人。祝福你，大山的女儿！老人的女儿！

麻子田司令

百龙洞是个美丽的村庄，位于酉酬境内的沙子村五组，因为村庄周围的大山中，密集地分布着很多洞穴。每到山洪暴涨，洞中冒出的流水就在山中形成星星点点的瀑流。遥遥望去，白色的瀑布在青山之间，若隐若现，像白龙下山。百龙洞这个两百多人的寨子就在这些瀑布和青山之中存续了近三百年。

从田氏先人到百龙洞开基拓土，至今天人们纷纷搬离，村人在这山里演绎过波澜壮阔的传奇。最有名的当数田麻子一代。

田麻子本名田维江，字品三，在民间妇孺皆知的叫法为田司令！这个田司令最高光的时刻掌管着 4000 多人枪，是酉秀黔彭辖地的清乡总司令。县志上有载，田氏族谱有详记，百龙洞村庄里残存着田司令的故居。最能象征他不可一世的是他故居的朝门。不过现在只看得见朝门放辐状的圆形石基，当年竖立在朝门两旁的高大石柱已在流动的岁月里被村民毁去，那精美的石刻对联还能在残石上寻得只言片语。直到1925 年田司令被军阀对手暗算，田司令的风云历史才逐渐演变成传说。

　关于田品三成长的详细过程，田氏族人田茂藩做了详细整理，除了部分人物与田品三的关系分析有待进一步考证外，其基本的史料还是可信的。

　田司令生于1889年，小时痘症未愈，脸麻，故称田麻子。十一二岁时，在老柏沟一家私塾堂旁听过，但识字不多，才有后来的"田麻子看告示——倒起读"的笑传。是说有一天，上司发来军令文件，田司令当众拿来宣读，文件拿倒了。他也浑然不知，下面的士兵提醒他说，司令，文件拿倒了。田司令机智回答，这样拿是为了你们看见，当场一片哗然。

　为了生计，在私塾没几天，田品三又去溪口（酉酬）加入清朝地方政府征收税款的队伍。那时，晚清政府已经摇摇欲坠，各路军阀风起云涌，田品三的收税队伍大概率是自收自得。田品三从上一代积贫到他这一代修建豪华的朝门大院，多半是在税务所"工作"这段时间和后来在酉水河上混世搞定的。由于世事荒乱，田品三的收税队伍经常受到民防族团的武力抵抗。在一次收税的过程中，受到民防的武力伏击，其同伙被打死，田品三仰卧佯死，将枪藏于背下，伏击者出林准备归去，反被田品三两枪打死，他收缴了枪支，从此和在酉水河上混饭吃的向麻子一起在酉水河上讨营生。后结识同道白麻子，三个麻子在酉水河上一拍即合，一支绿林武装队伍就在酉水河上诞生了。他们将总部设在后溪，酉水河上的过往货物及民生船只统统在"三麻子"的管辖之下。这是田品三人生的第一个高光时刻，百龙洞田氏族人以此为荣，并有不少子弟参加了"三麻子"的武装集团。田品三任命自己的大哥二哥为大营长、二营长，这就是有名的"酉水河三麻子起事"事件！田麻子凭自己的聪明果敢，不久便在"三麻子"集团中占据了领导地位。同时家业也火速扩张，百龙洞周围十里，不少田地被田麻子收购。

酉水河流域这支地方武装力量的影响不断扩大，惊动了清政府，清政府派一个团的兵力对田品三这支绿林武装力量进行剿灭。双方征战中，清政府军反而被田品三的队伍打得落花流水。当时国内辛亥革命正如日中天，晚清政府即将垮台，酉水河畔民间反清力量崛起，田品三的队伍与民团力量合流，参加过推翻清王朝、护国讨袁等斗争。队伍活动范围纵横酉秀黔彭及川鄂其他地区。田品三后来一度成为川黔湘鄂边区最大的武装集团首领，被任命为酉秀黔彭四县联合清乡司令。

1925 年，黔军何壁辉师入驻龙潭，何师意欲对田品三部实行收编，委田品三为旅长。田品三不从，把队伍撤到酉东山区。何壁辉见田品三的队伍退居险要山隘，对城镇威胁很大，于是把田品三骗到龙潭杀害，年仅 36 岁。

田品三死后，被乡民安葬在百龙洞村旁。原墓气派，有石狮石象石人护卫，"文革"期间，被人掘墓，毁了石狮石人院墙等，仅存正面主墓碑。据沙子村白书记介绍，其故居在解放的时候，分给其他人居住。而今部分宅基被复垦，部分腐烂倾塌，已无人居住。

蚩尤九黎城记

时序丁酉，值孟夏初日，吾受邀摄蚩尤九黎城之祭祀大典。

视其山川旷野，摩围以势独雄，诸峰逶迤。乌江托势，山羽披雾，谷染祥光。九黎城错落峰谷，或檐牙高啄，或亭榭临峰，或宫依岩壁，或甍垂脉络。各宫殿台亭，虽环峰远近，然道路通连，彼此气接，呼合高低，各有情趣。中立九黎神柱，高持百丈有余，一如冲天之剑，一如宝塔镇城。壁雕先贤余达，以叙天地神事。夜览其城，溢光流彩，金碧辉煌。胜天台之幻境，有瑶池之仙迹。

追忆上古，蚩尤为我苗家先帝，与炎黄共起华夏文明，筑炉以制铁戟，驯草而获稻谷，取竹成纸，制律为法，国之初成。然山河扩缩，英雄浩气，逐鹿之后，蚩尤血溢，九黎南移，遂有今日之禘。

古邑黔中，蚩尤之裔众繁，扼山川而建村落，梳谷野而成田畴，引泉水而煮丹盐。族人唱和，秋收冬藏。

逢劫之后，神州复盛，苗岭贤生。思蚩尤之血脉，叙九黎之勤耕。伐木黑水，取石昆巅，而建九黎之城，筑蚩尤大殿，民之攸归，以慰先帝之魂，以聚苗家之愿。

典乐当奏，贤达进香，万民诉肠。其势动容，其情望真。感天以微雨，动地而升温。兆百姓得安康，启九州之太平。此时环顾诸峰，林木葱郁，亭角隐隐，楼榭连连。其坛布歌场，远近来朝，有群龙翻娱，有花灯漫舞，群贤团坐，众宾捧场。林喧百鸟，应和歌场。猪牛羊既祭，紫烟弥壁，天赐慈云，虹霓垂光。下接神柱，上应碧霄。

望渝湘车流，睹乌江帆影，一场繁忙。遥想郁江盐庐，千家引泉，万户泼灶，列列罐顶，望望棚秧。山势巍峨，盐道苍茫。山之南，有怀清之爱；水之北，留山谷诗场。一江星斗，摩围寒钩，叙不尽这苍山黔水，多少旧事沉江！

呜呼，国之乱，则民不聊生；国之强，则威震四邦。盛世布典，追忆先贤，则望国之复兴也。

蚩尤已谢，歌宴消场。待来年，雨顺千村，风调万乡，吾将来朝，再谒先帝之福威，享九黎之吉祥。

金丝楠记

山川秀美者众，世人赏悦于妍。况物以授其形，兴乎遇之缘。或怜抚金玉，或绻恋烟岚，或顾慕花鸟兮，嗟乎，吾尤爱金丝楠！

楠藏金丝者，木质精均，纹皱似缎，色烁如金。硬而不伤斧锯，软则不训野氛。根焕盘龙之姿，叶垂撑天之荫。岭岫隙间偶生，崖壑绝处含馨。尚招引俊鸟栖飞，更有孤鹤居枝，群鹭绕林；惇且庇佑庶民居息，尤叹福绵寿长，品洁性惇。

其材古为皇家之华侈。或曰：帝宫设，楠北役。曾征丁伐楠，顺河漂运，三年抵京都，庙堂乃成矣。咸阳阿房宫，楼台绮丽，其香由始；国都紫禁城，檐瓦恢宏，其色亦于此。

前日初访两罾内口，见有众多嘉木，心甚喜，得拜谒。遂吁媒体披之，声名环杰。夫千年积木，大者两丈余围，形魁而阅沧桑，视之称奇绝矣。根或露或隐，曲延沃土；枝或疏或密，折高清樾。

噫吁呼！历五朝百帝，俯近村之烟雨沉浮，仰高天之风云交叠。不为观者众寡而忧，不为来客喜怒而竭；不为前朝未取而悔，不为鸟虫戏言而却。经磨难而常青者，乃佳木之高节也。

吾乃拜之有记。

大坂营记

　　戊戌暮春，余追潘光侠等摄影家之后，自五里往大坂营之岭脊，拍摄诸物，俯仰万象。

　　坂营之大者，高入蓝天之肺，横推百里之遥。跨两省，攘四县，方圆数万之顷。纵横峰岭，上下沟谷，古木参天，百兽驰地。四季风云更迭，三山泉流韵响，晨昏之景不同。

　　大坂营三月杜鹃漫山而放，落英缤纷，有沉于石罅而成丘堆；有浮于溪水有如脂玉。漫视花叶，暖阳轻照，软软铺于林梢；急风狂掠，呼啦啦横向天际。溪涧清流，击石泠泠着响；绝壁高树，扶风殷殷成韵。冷气袭岸，青草怪摇；落英付水，艳体轻翻。日透林梢，成光影点点，或坠枯叶之表，为豹迹斑斑；或照古木皱体，现裂饼之状。百兽之迹穿于林，足印枯叶窟窿；众鸟之身隐于树，翅动花木写意。人行深谷，或古木蔽日，或溪流当道，或枯木横前。脚临泉响，头接鸟鸣，令人胆怯心寒。

　　及灰千梁子，临顶四望，峥嵘万端。云塞天际，成盘沿之边；下存诸峰，含情蠕蠕而来。此时心旷，遐想日出东隅，光染驰骋山河；月堕西岭，意问缠绵大地，当是神仙境界。

忽而山顶风急，雾团漂流，恍惚诸山颠簸，无序东西；忽而残阳润山，树面青黄，河山尽显多娇之态。山下老者有言：此地崇山峻岭，虎豹临溪，铮铮有声；毒蛇漫岭，列列相望。林之大，路迹莫辨，往林而不返者，十有数人。

然大坂营神秘诱人，慕游者甚多。各类草木花蕾，定序乾坤，从冬到春，次第开放。游者或从五里引谷而上，或从木叶越溪而行，或从平坝驱车而往，皆可漫游山野之一角。春赏百花，秋食野果，戏水攀枝，各有情趣。

吾辈得沟谷之趣，赏岭脊之光，一时物我两忘。忽闻人声及近，谈笑有语。视途中来人，为黔江区领导一行。我等艺人，慕大山景象而往；彼之领导，为旅游工作而来。长途密林，不期而遇大坂营之极顶，畅谈山水之乐，共叙旅游之事，无不快哉。是时也，众山仰听，落日静照，有感于斯，面山而语，是为记。

桃花源小记

晋陶渊明诗序流韵百年之后，寻迹问津者渐多。又正史野牍皆载：秦之藏书遗于太古桃源，酉阳之大酉洞也。故曰，陶公所记，乃实有奇洞幽涧，阔津瘦船。越洞而嗅，秦风尚然。

今虽名播环宇，慕游者如织，然阡陌悠然，池岸卧柳，黑瓦茅屋，皆一一可寻，不因风云而毁，不因客众而新。只多了持戒书生颂子曰之诗，溢骚韵之忧乐。

历贤览胜，亦有变者。亭岸问津，似立仙台之石门，有根有据，舟楫倚岸，雾绕其形，夜色光怪。有长绸鲜绢，或攀肩而过，或屈衣弄波，烟中钓叟忘其业也。沿壁进袭，摩崖造迹者无数，有题诗颂其民俗之性者；有歌其田畴之形者。有拍崖狂喜而依者；有仵水而立留其影者。更有甚者，喧宾夺主试其田耕，试其碾引，试其歌牙醉酒之态。

再探桃源之精妙，得楚简数辑，详载秦楚之官驿往来，遂对诸生避秦，负藉归隐即有新说。又复前，得太古奇洞，往通后山，内置汉灶秦台。探访者笑然：源内有道，别有洞天。然暗河淘流，石像峥嵘，留樵夫煮者之迹，无妇儿娱心之往。后铺石道，凿缝隙，架木桥，乃得通游。又置光影七彩，点

表妹堆堆

缀壁岩，成地宫美景，天台幻象，游人莫不叹服。

唉！原村虽美，不与外人知之，列其洞内，童未赴试京途，妇无临车戏载。然陶公之文记其韵，一览远山近村，桃花流水，莫不快哉；静听蛙声夜鼓，百鸟日喧，更有秦民之食，邝风之音，此为乐也。虽唐诗汉赋，皆不足言表。

近祠有增藉，村理旧制。嘱文者记之，摄者图之，以叙桃源之幽古，歌盛世之康乐也。故小记，以书其志。

· 268 ·

云佛山行记

乙未季夏，端午之前日。吾与诸友探险背子坨，步趋云佛山。

是日也，雾染空谷，雨洗青山。往途，先乘车至其岩岭，后探迹至其幽谷。山岩陡险，古树密生。欣然号呼送声，寂寞空谷回音。斗折蛇行岩道窄，雨渴雾饮汗水多。回首呼朋，知来者可追。

至背子坨，村口古树，俨然迎宾；道中稀泥，戏然陷客。横村而过，石磨积尘；依田而行，绿苗尚稀。檐下村老静坐门沿，叹声望岁；棚边群鸡逐食草底，鸣歌邀儿。追问村人，先人何来？曰：百年前，避匪寻安，先人探攀绝壁，来此栖居。叹此地山深路险，村中人少与外人见焉！

吾续前，至村旁崖口，亦古树屏然。上仰接天之崖，下俯临底之渊，险也不过如此。诸君依次横身危道。

此时尽能解李白愁唱蜀道之苦，韩愈投笔华山之哭。吾等，先前攀木而歌者，此时贴壁而静然。然前者惊呼，后者寻望。云佛凌空，众等驻足惊观。佛石巨立山谷，怅然阅经；仙岩长卧云窟，慈然望渡。吾等手脚并用，不敢俯瞰脚底万丈绝壁，不敢痛呼耳边千里长风。

　　纵然脚下万丈凌空，因边有岩树依稀，势不危。同行者乃大呼雀跃，释刚才险道所积惧。举相机彼此互拍，伸双手尽情拥抱。先行后到者，虽同途而殊归，三女来自渝州；另路是官清为此访护行之同人，一帮是多家媒体。欢乐中，情通人熟，彼此无间，谈笑无顾。向云佛山敬拜，向万卷书喧哗。女解披风作饰物，临崖展翅欲仙；男抓红叶添景致，凭空躬身欲坠。平时不表之语竟敢狂放，他乡未述之情肆作歌抒。正是风景常觉异乡好，楚人一望江南愁。天近昏时，我等欢尽，沿岩道而归，不复来路。

天龙山记

　　己亥十月十五，卯时初刻，正朗月悬空，众星耳语。吾驱车至天龙山极顶，候楚天日出。此刻，月光如华，普泄寒宇。庙堂上下，静影沉璧；远天周侧，山形隐约。荡胸有云海沉谷，山岳浮之如舟如丘，是图呈多娇之态。

　　天龙山者，方圆百里，领衔众山。脉起鄂尘，爪附巴坤，势向黔水，中负九十九座峥嵘山峰，顺脊逶迤而至，有升天腾达之象，龙头仰宇，可吞星辰。前毕者，崖悬如削，其顶有庙曰天龙寺，吾乃坐庙前小亭之中，侧头触月！众菩萨笑捧慈怀，吾虽独至，尚不孤单。临崖远视，一展山脊纵横，云海静卧。坐忆宋月唐景，可吟赤壁长赋，可诵天姆旧诗。

　　及东天渐红，云海如怒。辰时初刻，日沿出岭，渐成艳圆，彤彤映云，待照山空。漏光透墙，及佛身，成五彩。

　　此时月近西域，空悬双轮。庙宇中庭，合阴阳之交。有红帖悬案，历述寺庙旧事，虽迹残字消，尚可追读。此寺明末初建，清乾隆复修。山门一进，临崖有野桃三株，连体左右悬空厢房，供僧尼宿用。二进斜上至中庭，布经楼禅院，外有临崖围墙。再前数步，取方径十丈平台，置硕大香案并东西微型钟鼓双楼。上及大殿，主设观音道场，次列道像及众菩萨。若云浮中空，寺若天庭仙境，残阳过墙，暮鼓低回，梵音弥顶，信者躬身，当思善恶因果。前后门楹，皆有文字成对，或述其境险，或教化人心，刻佛家之高论，历久沧桑，为旧貌陈设也。总追前述，历经四百余年，天龙寺皆有主持，香火未断，及"文革"而毁，后虽有信者捐资重建，其势远不如前。

　　前朝拜香者，皆沿前壁残道攀爬，经石拱危桥，拾级苔道，往返山门。其迹险陡，附绝崖上下，左右临空，有危石悬垒，为途者依脚。本度夏日，吾与诸友试途，手脚并用，心恐目惧，呼而不敢出声，望而不敢侧目，脚底烟村，茫然远也，莫不赞初建者负石垒道之功。今盛世车田逢大泽，铺阔道于顶，车可驱至。前壁险道再无香客往返，而成景观旧迹！

河湾诗会雅集序

　　春秋代序，诗友咸集。吟雅句于河湾；颂联语之酉水。时逢岁尽人归，村墟烟浓，壁挂梁蒂，灶炕腊脂，尽享仓缸之欢。

　　望河湾曲水东流，洲渚浮心，水鸟翔集；橹棹泊岸，渔火聚散。远垣峰卷映带近日，鹤鸣一空；近寨廊绕绿竹环水，鸭影漫布。好一派山跃虎威，水蕴龙势之地也。

　　昔屈子溯流，碧江沉月之夜，山寨同歌九章；今子彤探幽，枯藤挽烟之晨，诗友共赋一联。翠岚折回，霞光射斗墟；短棹偏锋，晓雾破天狼。岸村几堆诗料，无非黑瓦青歌；长廊一部画卷，全是绿竹红槲。

　　我辈复登临，正值盛世吟联，太平谱歌。此地集天地之灵气，聚德艺之贤者。有倚栏而歌者，有掩面而吟者。任其雅曲轻奏，古琴复歌。此时也，持酒而诵，泼墨而书。尽忘谗言之嫉者，恕诽声于云端，好不快哉。

龙清潭记

　　慕访黑叶猴，须去麻阳河之龙清潭，猴家居所也。龙清潭岭峰之间，苗寨依稀，远村近落，春天桃李争妍，夏日果实低垂，黑叶猴三五成群，嬉戏其间彼此亲和，猴有呼声，人添笑意。

　　从高处眺望龙清潭，白岩青壁，迭起折回，竖峰穿云，垂幽隐雾，其险象游离惊魂。近踏探往，其迹断续，或猴迹于绝壁，或鸟道于披坡，或蛇行于湿地。触底而探，水流瓶响。或折成一潭，绿中带青，或斜织成瀑，白珠卷帘。巨石布列谷中，或圆或方，或密或疏，自成深巷斗折，探步于此，犹居谷中之谷，仰望其天，形如残布，云影速流。有人攀石峰之上，手接古木丫枝，逆光一剪，黑色有形。

　　往谷逆行，渐近龙清潭之秘境。沿水迹踏石而行，有巨木斜生于崖，枝浮于水，倒影裂痕，上静下柔，画布徐徐有声，如天籁轻奏。龙清潭实为上下双潭。遮天之崖圈状，远天之影犹如蹄形。瀑布周天依崖而泻，或垂练及潭，或散洒如珠。宽窄有序，急速有声。偶有阳光剪影于峰巅，金黄如渡，斜阳垂泉，色彩应答，呼唤互应。其潭幽蓝如翠，泛绿似瑟。
有小鱼穿游，忽惯忽惊，天光之下，水展灵性。如遇猴语应和，
更生妙趣。想必此时，猴群客访苗家，我们反为其主，应是
彼此欣慰，互乐其居。

长溪沟记

　　长溪沟，是那幅山水画轴的奶名。其景伸于乌江野水之侧，垂于后坪苍山之中。

　　人隐其中，仰望周天，白云撕裂。斜视诸岭，众峰错落。左右任性铺展，上下随心抛制。绝壁万仞，险峰直破青蓝之空。垂落如纱，或皱或直，叠堆沟壑，足濯乌江。让其争者，小岩次弟，或痕迹于小沟两岸，或小出于竹海之中。如柱如屏，如篆如戈。有古木生于其上，如老者之黑睫，少女之披纱。有晓雾横染，起伏峰头，琼台之景即现。人在沟壑之内，易得一木之秀、一水之幽、群竹之围。透视林梢望峰，皆隐约远近，有峥嵘之象。此时自感人之小我，景色之大美。

　　四季之景异变，晴雨之空不同。

　　秋日峰披红叶，残血浸染，更有巨木古枫，围于村后，长于庄前。深红欲垂老泪，苍姿常排青林。炊烟漫漫，轻风拂拂，淡云行行，高日暖暖。有菊红于林下坡根；有果挂于水涧高藤。或群鸟嘻树轻飞；或苍鹰悬崖盘旋。

　　春则繁花盛开，百鸟争鸣。小花点点，苍岩壁垙生之挂之、楼前屋后养之蓄之、水潭瀑前昂之摇之。香弥林谷，如星月

点缀。溪流鸣响于幽谷，有行者歌于途，耕者应于坡。此为
时序之大美。

众峰守望之内，密林疏穷之处，有三五人家。黑瓦依岩，
屋檐接林。三五十步近溪，便有清水卧流，或垂流汇潭，小
瀑冷冷着响；或漫流石卵，水皮殷殷成韵。山道顺小溪缠绵
上行，几挽其臂。水听足音，路闻水鸣。

此中人家不知是生于秦，还是长于汉。于坡地拓地经年，
溪沟吸食岁月。鸟鸣出耕，猴啾而息。常有髻髻百岁之翁，
或漫步于溪畔，或长坐于檐下。呼儿唤女，吸烟吐雾，守山
月穷日，野果添食。此中人家取猎而不狩，秋收而不禾。取
竹造纸，女春碓浆，男碾池沫。有山田几丘，溪畔水车一簇，
推销山中岁月，打发屋内光阴。放船出乌江，橹棹急摇。去
思渠龚滩，换油购衣，添今人之服饰。吊脚楼上偶悬红衣，
其家或有妙女，正择日而嫁。人家左右，苍树绝壁是猴群栖
居美地。路过者有幸遇之，喜看成群追逐，急跃于树，母猴抱崽，
公猴领前，一溜烟哗啦啦潜之于林，唯林梢余摇。

板溪红叶记

　　酉邑东南，图曰板溪；渝湘边侧，唤名山羊。此地聚万峰之奇，展长岭之秀。生红叶于秋时，弥雾海于山腰。望山脊之岚气，呈横流之绯云；揽谷底之水韵，现顿波之青纹。攀岩临月之暮中，扶叶近日之西维。透红峰远林，峥嵘四野，笼仙岩诸洞，崔嵬近郊。嘻，山之盛装，风推浪起；云之霞蔚，日及天高。触树体之皱，抚之则暖，取红叶之茎，闻之则香。景之美哉！诱人长驻，引鸥低旋。

　　山隐人迹，偶遇其影。樵夫急走，往炊烟之所；猎人狂奔，临走兽之巢。况山有凰鸟，鸣于峰巅之石；壁附蜂窝，悬于坠岩之腰。岭脊龙行，延曲数里；峰峦鸟飞，依稀阵云。

　　人隐其山，得智慧之灵感；仙居其上，悟佛团于众生。辗于此，共肖家之明月；会于外，俸谢氏之宝树。举远镇之烟落，交通车行；捡堰道之柴火，枯干蚁满。此时忆郑风之伐檀，留诗句余韵；他山呼横塘之船妇，有渔歌伴响。念秋之去也，枯红残地；寒之降也，霜珠挂枝。浸浸而冰骨，缩手捏暖；苍苍而冷肉，摇头而活。

　　轮回与季兮来年，翻越共山兮去谷。博维己丑之纪，深结伯仲之间。有雁阵惊寒，如悲箫之鸣；留孤村烟迹，若寒鸦之唱。远山似沧水之都，幸有摩围之恋；暮云如楚地之泊，估得屈父之吟。秋卷红叶，库滞碧水，得山水之画布！

　　呜呼，色随天际，雾锁东隅。句无束禾，当浓烟逝尔。

合理学校记

乡之扬名，寄于贤；贤达声名，始于师，故一序一庠不敢没，一师一籍皆应记也。

余忆旧事百年，合理校址三故其迁。初立苦草之坨，后移洞湾之土，现居猫坪之岭，承谢历代仁者养学，先生赋序，使脉络继承，溢光流大。

现世处太平，国力康强，睹新校面貌一新，师德宏光，生阵浩大，吾辈之幸事。又此地山灵水秀，观足底木棕，绿水绕村，得声韵之雅；眺云端罗英，远峰映日，显天行之健。而牙牙学语者，启蒙于此；倚倚趋步者，初扶于此。

旧时国俭，乡野无师，六月负笈，奔学他乡，年及科考，及第京城者，万里无一。今国策普惠，僻壤皆得均衡施教。贵校以自然，真实为念；知行合一，厚德博理立训，先后聚良师百人，育学子数千，传乡邦文明，授礼贤之书。有莘莘学子伏案，听琅琅书声应壁。自庠学之起，村落皆知周礼，路道尽展文明。

嗟夫，顺时势可为豪杰，处圣代多出精英。心雄则地不僻，眼高则云可阅。教者授日月之德，积孔孟之书，传价值之理，育国家之梁，则校运绵长，誉满乡邦。贤者居先，后人复敬矣！

己亥孟夏黄德权于酉州。

清溪赋

　　乌江之险，黔郡其雄。长岭逶迤，因溪分而成谷；高天澄澈，有云合则流风。修篁绿暗，秀水清淙。待春晓，李蕊桃花各盛放；及夏昏，落霞夜月两相融。古树虬盘，声疏疏兮影聚；青烟鸾舞，水潺潺兮春浓。鸟宿枯枝，窠染一团松墨；李生新叶，果垂万盏灯笼。廊桥外听瀑；古镇前临风。一曲渔歌唱晚，三声鹤唳鸣钟。小燕飞飞，檐下细赏其兰；黑猫击击，墙头穷追其蚣。木屋黑瓦力倾力斜，风雨吹打，任星辰泻斑驳；长街青石倒光倒影，男女踏磨，凭岁月记从容。

　　忆往昔，周家坝八千年古陶彩淡；龙桥村五十里晚稻香浓。水推石磨沉江底；风举廊桥浮半空。凭栏而歌，迢递黔山聚回响；投涧以石，翩跹峡谷展惊鸿。晚渡长街，响水垭头日过千回车影；古桥横峡，清溪河畔夜宿百户人踪。中秋赏月，杨氏双姝点香吟句，添乌江之雅趣；正月观灯，陈铨司令握箭挥戈，恃青山之屹雄。夫有富庶者，饶家院内，日晒黄金百两；石磨盘中，夜搋八缸稻茸。古牌坊遗踪垒垒，王谢堂坏壁空空。

　　今者一观，江流长截，埋了多少惊天旧事；没了多少古道洪钟。举目是江山新画，浩气如虹。

菖蒲草原赋

谚曰：龙头山、菖蒲盖，三年不管牛羊在！

南国生草原，名曰菖蒲，方圆百里有余，嵌于巴山之岭，藏于湘鄂之间。

菖蒲之美，在水草之丰茂、香草之无边；在日出之晓雾、落霞之容颜；在星辰之大海、云天之变幻；在四季之更迭、远近之山峦。兼葭乃水岸之景，菖蒲为旷野之观。草原起伏，如处子柔滑之眉；山岳急缓，似武士铿锵之肩。东西有彩虹大道，蜿蜒蛇行，草原腹地可一览其美；南北多悬崖藤床，悠扬空翻，星辰之空则过目留鲜。树影点缀，草原顿生画意；月华初照，菖蒲似有梵烟。

若夫春草放绿，竞得马嘶牛吼，万羊比肩。此时可听牧童放曲，可赏少女追杆。有修竹遍野，宜箫宜管；生良药周山，或苦或甜。红花朵朵，与星辰互望；朝云层层，同悬崖共边。或是秋风尽染，雁影且舞且慢；谷粒金黄，镰影半落半宽。至于冬雪飘飘，天如琼浆之泄；寒叶阵阵，林为翡翠之间。

鹰击长空，目击草原之兔；龟过蚁穴，口讨果林之鲜。鹜鸟向空，偶为白云一团；紫花跌崖，惊为田畴一湾。夜阅穹顶，银河汗漫，流星临肩；日瞰山谷，山形高耸，龙头向前。东方既白，紫气尚可接，三声鸡鸣村落；西谷雾起，落霞不可留，半句猿唱蓬山。晓雾锁低檐，田树轻遮；晨光剪细草，光斑略咸。

望花田古道，盐力背夫，天涯列孤影；听蓬江渔歌，侠客僧侣，竹岸藏诗仙。往事越千年，一骑红尘远，千里征途难。一挑挑花田贡米，一声声黄杨扁担，嘿咗嘿咗过燕山。

人说花田田美村美人更美，为乡村振兴之典范；菖蒲云秀花秀草亦秀，本草原旅游之标杆。凭栏顾望，上可摘星辰，下可吟秧田；驻足静听，远能呼鸟兽，近能辨蛙眠。莫怪风不举，白云常着地，混在羊中间！

天龙山寺复建钟铭

佛来西土，御乘天龙。天龙山者，脉起鄂尘，翔于巴天，势逼黔宇，傲然群山之首。

明万历初年，始建天龙寺。寺成而灵显，祈雨诉愿，无不遂顺。钟唤三界，鼓示凡尘。明清交季，兵燹灾仍，寺毁香息。乾隆初，僧达明、达秀募捐，建成前后二殿及绝壁石道，香火继盛百载。时值民国，民生维艰，渐次颓废，匿榛莽逮。又"文革"破旧，古寺尽毁，碑刻断遗。

节序流转，时临盛世，邓伟等诸善士共谋，动议复建。庚子仲夏动工，依次成就大殿、禅房山门，并立历代诗词文赋于门内。供奉佛道双宗，复旧貌以促文旅。

飞龙在天，白马驭地，宝刹之光熠熠焕然。梵音缕缕，与天地合德，佑华夏昌盛。

黄德权熏沐谨撰

庚子冬

鸣谢：

感谢赵伦德、邓国琼、石敏、冉志鸿、张慧莲、冉乐、黎艳、陈贵江的前期校对。